「かがみの孤城」奇跡のラストの誕生

The SOLITARY CASTLE in The MIRROR

北村正裕
Masahiro Kitamura

源流「エヴァンゲリオン」「まどかマギカ」と虚構と現実の芸術論

彩流社

もくじ

序章

孤独な少年少女の居場所としての「かがみの孤城」

二〇一七年に単行本が出版された『かがみの孤城』（辻村深月作）の物語の中でも、特に感動的なのは、あの「衝撃のラスト」だろう。

出版社（ポプラ社）による単行本の紹介ウェブページには、「最終章、あなたは経験したことのない驚きと感動につつまれる――」というキャッチコピーが登場したが、実際、その通りであり、ラストの素晴らしさという点で、これに匹敵する長編小説というのが他になかなか頭に浮かばないほどだ。

六〇〇頁を超える長い物語を読んできた後、ラストで、一瞬でその物語が変化するときの感動の体験は忘れがたい。その感動体験があれば、二度目以降の読書では、一度目に気づかなかったことにもいろいろと気づくことができて、さらに感動を深めることができて、何度でも味わえる名作である。最初の読書の前にネタバレ情報が侵入してくるといった不運さえなければ、多くの読者にとって、『かがみの孤城』の読書体験は、一生の宝物となるだろう。

だが、この『かがみの孤城』は、もともとは、雑誌『asta*』の二〇一三年一一月号〜二〇一四年七月号と二〇一四年九月号〜二〇一四年一〇月号に連載され、二〇一四年一〇月号で、後の単行本の物語の約半分まで書かれたところで連載終了となり、その後、大幅に加筆、修正されて、二〇一七年に単行本として生まれ変わった姿（以下、一七年版）を現したものであり、連載一一回のうち、第一〇回（『asta*』二〇一四年九月号）までの内容は、一七年版の「衝撃のラスト」とは整合性さえ取れない内容であった。

二〇一四年一〇月号に掲載され、結果的に連載最終回となった連載第一一回で、突然、後の「衝撃のラスト」への伏線となる一文が登場し、その第一一回を最後に連載が終了となったのである。このことは、当初の予定になかった結末を、二〇一四年一〇月号執筆時に作者が決定し、それに合わせて、作品を最初から書き直すことになったことを意味している。実際、生まれ変わって登場した一七年版では、「衝撃のラスト」との整合性がとれるように、連載された部分にも多くの変更が施されている。

二〇一三〜二〇一四年に『asta*』に連載され、その後、大改訂を経て、二〇一七年に単行本として出版された小説『かがみの孤城』は、学校に居場所を失った中学生たちが鏡をくぐりぬけた先の謎の鏡の城で出会う物語である。二〇一七年版のこの小説には、連載版にはなかった展開が用意され、鏡の城での主人公たちの行動が現実世界の運命を決めることになり、そのいわば現実の相対化を描く様子は、二〇一一年にテレビアニメとして登場し、二〇一二〜二〇一三年に劇場版三部作が公開された『魔法少女まどか☆マギカ』(新房昭之総監督)に通じるものがある。その『魔法少女まどか☆マギカ』は、アニメ『エヴァンゲリオン』シリーズの強い影響のもとで生まれた作品であることを考えると、『エヴァンゲリオン』から『魔法少女まどか☆マギカ』を経て『かがみの孤城』へ至る流れは、アニメからスタートした革新的な芸術が小説の世界にまで影響を及ぼした事例としても興味深い。

『かがみの孤城』の中では、登場人物の一人のマサムネが、城で出会っている自分たちの現実世界がパラレルワールドではないかと話す場面で、「パラレルワールド」について、「SFの世界だと、ドメジャー級の常識に近い考え方だぞ」とも発言しているが、この時点でのマサムネの現実世界は二〇一三年であり、『魔法少女まどか☆マギカ』によって、パラレルワールドを描くSFアニメが大きな潮流と見ることができるようになり、『魔法少女まどか☆マギカ』がその潮流の代表格としての地位を確立していった時期である。

その『魔法少女まどか☆マギカ』のテレビシリーズの放送が始まった二〇一一年は、すでに、『ヱヴァンゲリヲン新劇場版』の第一作となる『新世紀エヴァンゲリオン新劇場版：序』（二〇〇七年）、『ヱヴァンゲリヲン新劇場版：破』（二〇〇九年）が公開された後であり、『新世紀エヴァンゲリオン』の世界に対するパラレルワールドを描く『ヱヴァンゲリヲン新劇場版』は、その点でも、『魔法少女まどか☆マギカ』に影響を与えていると考えられる。二〇一二年の『劇場版　魔法少女まどか☆マギカ』の「前編」、「後編」公開時の宣伝パンフレットには、『エヴァンゲリオン』シリーズの庵野秀明総監督が、「アニメファン」という肩書でコメントを寄せてもいるのだが、『エヴァンゲリオン』の『魔法少女まどか☆マギカ』への影響は、単に、パラレルワールドのアイデアにとどまるものではなく、もっと重要な点、たとえば、現実世界の虚構の世界に対する優位性に関する問いにあると筆者は考えている。

『新世紀エヴァンゲリオン』の完結編である一九九七年の映画『THE END OF EVANGELION』の大詰めでは、主人公の碇（いかり）シンジと零号機パイロットの綾波レイとの心の対話シーンが繰り広げられ、「虚構に逃げて、真実をごまかしていたのね」と問うレイに、シンジは、「僕ひとりの夢を見ちゃいけないのか?」とさらに問い、結論の出ない問答が続いた末、シンジは、他人のいる世界を望み、他人のいない世界から他人のいる現実の世界に戻るが、再び苦痛が始まることを示唆するようなシーンで「終劇」となった。

それから十年以上が経過した二〇一三年に公開された『劇場版　魔法少女まどか☆マギカ〔新編〕叛逆の物語』の中で、偽物の世界を作りだして、その中で、かつての世界での友達であり、改変された世界には存在しなくなってしまった鹿目（かなめ）まどかとの再会を果たし、争いのない理想の世界にいた暁美（あけみ）ほむらは、偽物の街を作り出した罪を償うために自らを処罰しようとする。そのほむらに対して、まどかの親友だった美樹さやかは、「これってそんなに悪いことなの?」、「誰とも争わず、みんなで力を合わせて生きていく」、「それを作った心は、裁かれなければならないほど罪深いものなの?」と問い、虚構の世界の価値に対する、かつての『新世紀エヴァンゲリオン』の中でのシンジの問いを、もう一度、投げかける。虚構の中の虚構の世界を作った暁美ほむらは、その虚構の世界で気づいた真実に忠実に、自らが悪魔になることで、かつてまどかによって書き換えられた世界をさらに改変してしまう。

二〇一七年版の『かがみの孤城』では、鏡の城での出来事が自分の妄想ではなかったのかと心配になった主人公の安西こころは、妄想であることに気づいてしまったことで、もう城に行けなくなってしまうことを恐れる。彼女は、「それが幻想だったとしても、あの願望の中にいる方がマシだった」、「だって、現実は、もっと本当にどうしようもない、こころの願望も考えも通用しない場所なんだから」と、考える（一七年版三一九頁、二一年文庫版下巻三九頁、二二年キミノベル版下巻三五頁）。そして、城に行くための鏡が、城へ行くために光ってくれるかどうか心配しながら鏡のある部屋を開ける場面では、「鏡が光っていた」（一七年版三二六頁、二一年文庫版下巻四八頁、二二年キミノベル版下巻四三頁）。そして、ついには、鏡の城という虚構の世界でのこころの行動が、現実の世界の運命を決めることになる。

鏡の城でのできごとが現実の世界の運命を決めていたことが明かされる「衝撃のラスト」は、『新世紀エヴァンゲリオン』以来、現実世界で孤独だった少年少女たちの貴重な居場所であり続けたアニメや小説の世界を、現実の世界に対して軽く見るべきものではないということを堂々と宣言するものだった。『新世紀エヴァンゲリオン』が現れたころには「現実逃避」のように見られ、「アニメオタク」という言葉が否定的なニュアンスを帯びて使われ、作品の中でさえ、登場人物たちによる悩ましい問答が繰り返されていたその問いに、それは「現実逃避」などとよぶべき恥ずべきことではないということを、『かがみの孤城』の「衝撃のラスト」は宣言した。
そして、『新世紀エヴァンゲリオン』の後、『新劇場版』として再始動していた『エヴァンゲリオン』も、ついに、二〇二一年三月、『シン・エヴァンゲリオン劇場版』で完結したが、そこでは、第3村というはかなく美しい虚構の世界の中での出会いと別れが、主人公など、エヴァンゲリオンパイロットたちの新しい可能性を示唆するなど、虚構の中での体験が新しい世界の可能性を開く結末が示された。現実へのこだわりを見せつつも、『かがみの孤城』とは別の方法で、現実世界の相対化に挑戦した。

二〇二一年三月八日、アニメ『エヴァンゲリオン』シリーズ（庵野秀明総監督）の最後の作品となる『シン・エヴァンゲリオン劇場版』が、ついに公開された。一九九五年放送開始のテレビアニメ「新世紀エヴァンゲリオン」に始まり一九九七年の映画『THE END OF EVANGELION』で『新世紀エヴァンゲリオン』が完結した。その後、二〇〇七年に『ヱヴァンゲリヲン新劇場版：序』でスタートした新劇場版シリーズ四部作は、エヴァンゲリオン初号機パイロット、碇シンジをはじめとする『新世紀エヴァンゲリオン』と同じキャラクターが登場し、『新世紀エヴァンゲリオン』と同じように「二〇一五年」の世界からスタートしながら、『新世紀エヴァンゲリオン』の世界とは違う別の世界（パラレルワールド）、別の可能性を描くものだった。

二〇一二年に公開された四部作の第三作『ヱヴァンゲリヲン新劇場版：Q』からは、舞台が前半の十四年後に飛び、しかも、シンジ等、エヴァンゲリオンパイロットたちだけは、十四年経っても十四歳のままの姿であるという異様な展開を見せた。それから完結編である『シン・エヴァンゲリオン劇場版』の公開までに、さらに、八年以上かかるという展開も普通ではなかったが、ついに公開された完結編は、これまでの『エヴァンゲリオン』シリーズが一貫して描いてきた孤独な少年少女たちの居場所を求める物語という軸を、最後まで曲げず、さらに、その本質を明確にするものだった。

『シン・エヴァンゲリオン劇場版』の大詰めで、初号機パイロット、碇シンジは、2号機パイロットのアスカを13号機の中から救出して解放するが、そのときアスカは、「人に嫌われても、悪口を言われても、エヴァに乗れれば関係ない」、「私に居場所を与えて」と振り返り、さらに、十四年間も初号機に閉じ込められていた零号機パイロットの綾波レイをシンジが救出しにやってきたとき、「私はここでいい」と言う綾波レイに、シンジは、「もうひとりの君は、ここじゃない居場所を見つけた」と話して、新しい世界への旅立ちを促し、その意味を理解したレイは「ありがとう」と答えてシンジと握手した。

二十五年間に及んだ『エヴァンゲリオン』のしめくくりの主人公たちの会話の中に登場した「居場所」という言葉。二〇〇九年の『ヱヴァンゲリヲン新劇場版：破』の中でも、アスカは、エヴァンゲリオン2号機を、「私の、世界で唯一の居場所」と表現していたが、完結編の大詰めでの、主人公たちの会話の中での「居場所」という言葉は、改めて、この物語が孤独な少年少女の居場所を探す旅の物語であったことを明確に示すものだとも言えるだろう。

この『シン・エヴァンゲリオン劇場版』の公開の前日の三月七日、その二日前に文庫版が発売されたばかりの小説『かがみの孤城』(辻村深月作)の全面広告が朝日新聞に掲載された。そこには、「この本があなたの居場所になりますように」という作者、辻村深月さんのコメントが載っており、二日続けて、「居場所」という言葉に出会ったのも印象深いで出来事だった。

『エヴァンゲリオン』、『魔法少女まどか☆マギカ』、『かがみの孤城』の三作品は、孤独な少年少女たちの居場所を探す旅であると同時に、虚構と現実との関係、虚構の意味を問うという意味で、作品自体が芸術論になっているという点でも親和性を持つものである。さらに、虚構の意味を考える手段として、パラレルワールドの考え方を積極的に取り入れているという点でも、比較に値する共通点を持っている。『魔法少女まどか☆マギカ』の場合、孤独な少女という面が強調されているのが暁美ほむら一人なので、「孤独な少年少女たち」という複数形には必ずしも似合わないかもしれないが、『エヴァンゲリオン』、『かがみの孤城』との比較の対象にふさわしい作品であることは間違いないだろう。

『エヴァンゲリオン』から『魔法少女まどか☆マギカ』を経て『かがみの孤城』へ至る芸術の流れは、このような観点で眺めると、それぞれの作品をより深く味わうことにつながることは間違いないだろう。

本書の第一章から第三章では、小説『かがみの孤城』の読者を対象に、『かがみの孤城』について論じたい。

第一章では、一七年版と連載版との相違点を詳細に点検し、連載版からどのような意図で改訂作業が行われていったのかについて検証したい。『かつくら』ｖｏｌ２５（二〇一八冬）に掲載されたインタビューで、作者の辻村深月さんは、この改訂について、「びっくりするくらい直さなくて済んだ」（四六頁）と語っているが、それは、作者の謙遜ととるべきであり、実際には、非常に多くの書き換え作業が行われており、読者は、その努力に敬意を払うべきであろう（同じインタビューで、辻村さんは、「細かなところでの設定の調整というのはできていなくて、実は、その部分にとても時間と労力がかかると覚悟していたんですが、担当さんの熱意のおかげでそれもなんとかなって」とも語っており、編集者の努力も大きかったと思われる）。本書の第一章では、作者の謙遜に惑わされたり、インタビューで語られた作者の記憶に頼ることなく、連載版と一七年版を詳細に比較することで大改作の詳細を検証したい。

第二章では、連載版から変わることがなかった作者の創作ポリシーと、一方で、当初の予定になかった結末が採用されることになった経緯、その必然性について、物語の背景、作者のポリシーを踏まえ、連載版の内容の中に、その必然性を探ることを試みたい。

第三章では、「パラレルワールド」の考えが登場するアニメ作品の代表として、『劇場版　魔法少女まどか☆マギカ』シリーズ三作品（二〇一二年〜二〇一三年公開）を取り上げ、この作品と『かがみの孤城』一七年版との親和性と対照性について検証することで、『かがみの孤城』誕生の背景を考える一助とすると同時に、その特徴について考えてみたい。なお、『魔法少女まどか☆マギカ』については、『劇場版　魔法少女まどか☆マギカ〔新編〕叛逆の物語』のさらなる続編として『劇場版　魔法少女まどか☆マギカ　ワルプルギスの廻天』の制作が二〇二一年四月に発表れているが、本書でとりあげるのは、『劇場版　魔法少女まどか☆マギカ〔新編〕叛逆の物語』までの劇場版三作品である。

『魔法少女まどか☆マギカ』については、『かがみの孤城』との比較に必要な範囲であらすじ紹介をし、『魔法少女まどか☆マギカ』については、予備知識がなくても問題がないように話を進めていきたい。

本書の第四章では、『かがみの孤城』との比較に値するアニメの傑作、『エヴァンゲリオン』シリーズのうち、特に、二〇二一年三月に公開された『シン・エヴァンゲリオン劇場版』の第3村のシーンにスポットを当て、そこで表現された夢のような世界を振り返ることで、『エヴァンゲリオン』シリーズをより深く味わうための試みとしたい。筆者は、すでに、『エヴァンゲリオン解読　そして夢の続き』(二〇〇一年、三一書房)と、その文庫版『完本　エヴァンゲリオン解読』(二〇一〇年、静山社文庫)で、『新世紀エヴァンゲリオン』についての作品論は展開済みなので、今回は、その『新世紀エヴァンゲリオン』との比較という観点も意識しつつ、新劇場版について、その完結編の中でも、特に、注目に値する第3村のシーンを取り上げたい。

『エヴァンゲリオン』シリーズについては、特に、『新世紀エヴァンゲリオン』の完結編である映画『THE END OF EVANGELION』(一九九七年公開)について、当時から、庵野秀明総監督自身の発言に沿って、「オタク批判」とか、「現実に帰れ」というメッセージが込められた作品であるというとらえ方が多数派となり、多くの批評家による批評が、今日に至るまでそうした見方を前提に展開されているようだが、筆者の場合は、『エヴァンゲリオン解読』(二〇〇一年)執筆当時から、そのようなとらえ方とは一線を画する解釈論を展開している。さらに、今回は、『エヴァンゲリオン』を、『魔法少女まどか☆マギカ』、そして、『かがみの孤城』という「現実の相対化」につながる作品の先駆として取り上げているので、多数派の『エヴァンゲリオン』解釈とはかなり違っていて、むしろ真逆とも言える内容になっていることに戸惑いを覚える読者の方もいるかと思う。だが、異端であるが故に、新鮮と感じていただけるところもあるだろう。視聴者がアニメから味わえるものは、作者の作品制作の動機とは別であり、作者のコメントなどから自由であるような作品論にも意味はあるはずだと筆者は考えている。

『シン・エヴァンゲリオン劇場版』の中の第3村のシーンについては、第四章で紹介しながら話を進めていき、『エヴァンゲリオン』についての予備知識がなくてもよいように話を進めていきたい。反対に、『エヴァンゲリオン』のファンであれば本書の第四章と第五章を先に読んでもよいような内容である。

『魔法少女まどか☆マギカ』と『エヴァンゲリオン』については、未鑑賞でも問題なく、予備知識がなくても問題がないように話を進めていくが、第一章から第三章は、小説『かがみの孤城』を読み終えた人と映画『かがみの孤城』を見終えた人のための章であり、ネタバレ防止のため、小説も映画も未鑑賞の方は、決して、本書の第一章から第三章を先にお読みになることがないようご注意いただきたい。

『シン・エヴァンゲリオン劇場版』の中の第3村のシーンについては、第四章で紹介しながら話を進めていき、また、第五章でも、『エヴァンゲリオン』全体について、必要な内容を振り返りながら話を進めていく。また、『魔法少女まどか☆マギカ』については、本書第三章の中で『かがみの孤城』との比較に必要な範囲であらすじ紹介をする。事前に作品の鑑賞を終えているほうがよいのは当然だが、実際の作品鑑賞は、本書を読んだ後でも遅すぎるということはないだろう。

それに対して、『かがみの孤城』については、本書の第一章から第三章を読む前に、小説を最後まで読み切っていただきたい。第一章から第三章までは、『かがみの孤城』既読者と映画『かがみの孤城』を見終えた人のための章とさせていただきたい。もちろん、何度読んでも面白い小説であるが、初読時の「衝撃のラスト」で得られる体験は稀有なもので、その感動体験は一生の宝物となるものだから、先に「ネタバレ情報」を目にしてしまうことで、その体験のチャンスが永久に失われてしまうというのは、とても残念なことだろう。二一年文庫版のカバーには、「ラストには驚きと大きな感動が待つ」と書かれているが、その通りであり、その「驚きと大きな感動」のチャンスを失わないようにするためには、先にネタバレ情報に汚染されないようにすることが重要である。『かがみの孤城』一七年版または二一年文庫版または二二年キミノベル版（辻村深月作）さえ読み終えていれば、本書の第一章から第三章も安心して読んでいただけるはずであり、それ以外の準備は、一切不要であろう。『エヴァンゲリオン』のファンの方などで、小説『かがみの孤城』未読で映画『かがみの孤城』も未視聴の方は、小説を読み終わるか映画を見終えるまでは、第四章を先に読むようにして、本書の第一章から第三章を読む前に小説『かがみの孤城』をお読みいただきたい。

以上、非常に重要な注意事項であるため、くどいことは承知の上でくり返させていただくことにした。

第一章

「かがみの孤城」連載版から一七年版への大改作

――当初の予定になかった衝撃のラスト

【ネタバレ注意】

本書の第一章から第三章は、あくまでも、小説『かがみの孤城』を読み終えた人と映画『かがみの孤城』を見終えた人のための章であり、ネタバレ防止のため、小説も映画も未鑑賞の方は、決して、本書の第一章から第三章を先にお読みになることがないよう、ご注意いただきたい。

連載開始時にはなかった時間のズレの設定

『かがみの孤城』（二〇一七年版）の中でも、特に感動的なのは、「エピローグ」。喜多嶋先生が、アキの未来の姿だったということが明かされる部分に大きな衝撃と感動を覚えた読者は多いだろう。ところが、この「結末」の前提となる「時間のズレ」のアイデアでさえ、単行本になる前に連載された雑誌『asta*』の二〇一三年一一月号〜二〇一四年七月号と二〇一四年九月号〜二〇一四年一〇月号を見る限り、連載一一回のうち、第一〇回（『asta*』二〇一四年九月号）までは、そのアイデアはなかったように思われる。

たとえば、一七年版一五九頁（二一年文庫版では上巻二二一頁、二一年キミノベル版では上巻一九四頁）に、こころがスバルに「ねえ、スバルくんって、ハリポタのロンに似てるって言われたことない？」

と聞いたとき、スバルが「ハリポタ？」と、まったく話が通じていないというシーンがあり、これは、スバルが、まだ、『ハリー・ポッター』がなかった時代の中学生であることを示す伏線だが、この場面は、連載版にはなく、一七年版で追加された場面である。

一方、連載最終回の第一一回（二〇一四年一〇月号）では、突然、マサムネがフリースクールの話題を出して「お前の家の近くにもない？　学校に行かない子供がかようような場所」と、ここに尋ねたとき、アイカ（一七年版のアキに相当）が「知らない」と答え、アキ（連載版のアイカに相当）の時代には、まだ、フリースクールが、広く知られている存在ではなかったということが示唆されている。さらに、「こころは、自分がなんだか、喜多嶋先生に妙に親しみを覚えていることに気づいた」、「誰かに、似ている気がする。喜多嶋先生くらいの年上の知り合いなんて、ほとんどいないにもかかわらず」という決定的な一節が登場し、作者は、この連載最終回の執筆時点で、当初の想定にはなかったアイデアの採用を決定したということがわかる。

さらには、連載最終回で、突然のように、オオカミさまが、「言い忘れていたことがあって」と話しだし、「鍵を使って、〝願いの部屋〟で願いを叶えた時点で、お前たちは記憶を失う」と、ルールを追加し、「すまんすまん、言うのを忘れてて」、「ごく軽い調子で、彼女が言った」というところで、連載が「終了」となり、「『かがみの孤城』の連載は今回で終了します」と記されている。

つまり、一七年版の二二四頁（二一年文庫版では上巻三一三頁、二一年キミノベル版では上巻二七五頁）

までで連載は打ち切られ、一七年版の半分以上は連載終了後に加筆されたものだということがわかる。作者が、物語の設定を大きく変えたため、最初から書き直す必要があると判断して連載を中止したものと思われる。実際、一七年版には、結末を意識した新たな伏線が多々加えられている。

また、連載版では、『七ひきの子やぎ』の物語を謎解きに使うというアイデアもなかったように思われる。

たとえば、一七年版単行本の四六頁（二一年文庫版では上巻五六頁、二二年キミノベル版では上巻五一頁）にある「階段の上には、部屋ではなく、ただ大時計が置かれた張り出し廊下がある。普通の二階建ての建物とは違って、この大時計は時計のところに行くためにだけあるようだ」という部分など、『七ひきの子やぎ』に関する伏線は、連載版にはまったくない。東条さんの家に『七ひきの子やぎ』の絵本の原画があるという一七年版二三頁（二一年文庫版では上巻三二頁、二二年キミノベル版では上巻三〇頁）の記述も連載版にはなく、一七年版九七頁（二一年文庫版では上巻一三五頁、二二年キミノベル版では上巻一一八頁）にある「×」マークも、連載版にはない。これらの「伏線」は、「回収」されたというより、加筆されたと言ったほうがよいのであり、読者は、筆者のこれらの加筆の努力に対して敬意を払うべきだろう。

このように、『かがみの孤城』一七年版単行本の物語の魅力を決定的にしている重要なアイデアは、連載開始時には想定されていなかった要素であり、連載最終回執筆時に作者が得た新しいアイデアを採用すべく、連載を第一一回で終了し、最初から書き直すという作者の決断が、この傑作誕生の最大の要素だったとも言ってもよいだろう。

『かつくら』ｖｏｌ25（２０１８冬）に掲載されているインタビューの中で、作者の辻村さんは、「細かなところでの設定の調整というのはできていなくて、実はその部分にとても時間がかかると覚悟していたんですが、担当さんの熱意のおかげでそれもなんとかなって」、「筋道が通る奇跡のような設定を探し出してくれて、すごく心強かったし、助かりました」（四六頁）と語っていて、書き換えに関しての編集者の貢献も大きかったのだろう。

「敵を欺くには味方から」という言葉があるが、『かがみの孤城』の場合、「九月」の章までに関しては、一七年版単行本出版のさいに書き直され、伏線もはいっているとはいえ、連載時には、作者でさえ結末を知らないわけだから、ラストで読者が意表を突かれるのも無理はない。そういう意味では、決定的なアイデアが創作の途中で生まれたということが、この作品に関しては、よい方向に働いていると言えるかもしれない。

一七年版「五月」の概要

一カ月で中学校に行けなくなってしまった中学生、安西こころが、自宅で休んでいる。お母さんと「スクール」（フリースクール）、「こころの教室」に見学に行き、「子ども番組の歌のお姉さんのような雰囲気の」、「短い髪が活発な印象だった」、こころと同じ雪科第五中学校の出身だという喜多嶋先生にも好感を持ち、今日から行くつもりでいたが、朝起きてみたらおなかが痛くて行けなかった。中学校のクラス担任の若い男の先生、伊田先生や、小学校の頃の友達が、時折、家を訪ねてくるし、家が近い同級生の東条萌さんが、学校からのプリントをポストに届けてくれる。東条萌さんは、転校してから二週間は、こころと学校の行き帰りも一緒だったし、こころが東条萌さんの家に行って、東条さんのお父さんのコレクションだというグリム童話の『七ひきの子やぎ』の狼が家に踏み込んでくる場面の絵本の原画などを見せてもらったこともあったが、こころを仲間はずれにしようとする真田さんたちに何か言われたのか、東条萌さんも、こころから離れて行ってしまった。

そんな夕方、部屋の大きな姿見が光り、鏡を通り抜けて、絵本の中のような城の前に出たこころは、狼の面をかぶった小学校低学年くらいの女の子から、「あなたは、めでたくこの城のゲストに招かれましたー！」と言われた。

＊ここまで（一七年版三一頁二行目まで、二一年文庫版では上巻四三頁五行目まで、二二年キミノベル版では上巻四〇頁五行目まで）が、連載第一回（『asta*』二〇一三年一〇月号）。

鏡の向こうの城の前で、こころは、狼面の女の子から、「平凡なお前の願いをなんでも一つ叶えてやる」と言われるが、怖くなって、一度は、鏡を通って逃げ帰る。

翌日の朝九時頃、再び光った鏡を超えて、こころは、「城」にやってくる。そこには、他にも中学生くらいの子どもが六人いて、みな、狼面の少女「オオカミさま」に招待された子どもたちで、オオカミさまは、彼らに、城のルールを説明する。

「願いの部屋」に入る鍵を見つけた一人だけが、扉を開けて願いを叶える権利を得ること。城が開くのは、今日から三月三十日まで。誰かが「願いの鍵」を見つけて願いを叶えたら、ゲームは終わり、三月三十日を待たずに城は閉じる。毎日城が開くのは、日本時間の朝九時から夕方五時まで。五時までに鏡を通って家に帰らなかったら、ペナルティとして狼に食われるという。

こころは、時間から、ここに招待されている子どもたちが、みんな、こころと同じで学校に行っていないということに気づく。

＊ここまで（一七年版四八頁五行目まで、二一年文庫版では上巻六六頁一三行目まで、二一年キミノベル版では上巻六〇頁一七行目まで）が、連載第二回（『asta*』二〇一三年一二月号）。

七人の中学生が、自己紹介をする。

アキ＝中三。ポニーテールの女の子。

こころ＝中一。

リオン（理音）＝中一。趣味と特技はサッカー。イケメンの子。

フウカ＝中二。眼鏡の女の子。高い声優声。

マサムネ＝中二。ゲーム機の男子。

スバル＝中三。『ハリー・ポッター』のロン似の男の子。

ウレシノ（嬉野）＝中一。小太り。

オオカミさまは、彼らに、各自の部屋を用意したことを告げる。

「五月」の章の連載版との比較

一七年版で「雪科第五中学校」となっている学校名は、連載版では「風科第五中学校」。

一七年版一六頁一〇行目（二一年文庫版では上巻二二頁一二行目、二一年キミノベル版では上巻二二頁二行目）にある、喜多嶋先生の印象としての「短い髪が活発な印象」という記述は、連載版にはない。一七年版では、喜多嶋先生は、城にやって来ている中学生のひとり、アキ（連載版のアイカ）の一四年後の姿であるということが「エピローグ」で明かされるが、こころがそれに気づかないことに何らかの理由を与えるために、この設定なしに書かれていた連載版に追加されたのが、この記述ということだろう。ポニーテールのアキ（連載版のアイカ）に対して、喜多嶋先生を「短い髪」にすることで、こころが気づきにくい理由を入れたということだと思われる。「九月」の章の冒頭に、アキが髪を赤く染め、ポニーテールもやめて登場する場面があるが、髪を短くするような記述はない。村山竜大さんによる挿し絵のはいった二一年キミノベル版の上巻二四九頁のアキの絵と、同二五六頁の喜多嶋先生の絵を比べると、髪の長さが対照的でありながら同じ眼をしている二人がよく描き分けられている。連載版には知子さんによる挿し絵がはいっていて、たとえば、連載第七回（『asta*』二〇一四年五月号）にアイカ（一七年版のアキに相当）の絵も描かれているが、喜多嶋先生の絵は登場しない。

「心の教室」では、責任者のような先生が、こころの母に、「小学校までのアットホームな環境から、中学校に入ったことで急に溶け込めなくなる子は、珍しくないですよ」と話す声が聞こえ、こころは、「そんな生ぬるい理由で、行けなくなったわけじゃない」、「この人は、私が何をされたか知らないんだ」と、心の中で反発する場面があるが、このとき、こころの気持ちを察したかのように、「こころの横の喜多嶋先生が、気まずそうな表情も何もせず、毅然と『失礼します』とドアを開ける」という場面があり、喜多嶋先生が、他の先生とは違って、こころの味方になりうる先生だということが示唆されている（一七年版一九頁、二一年文庫版では上巻二七頁、二一年キミノベル版では上巻二五頁）。この場面で、一七年版には、「確かに、中学校に入ったことで、それまで二クラスだった環境がいきなり七クラスに増えて、最初は戸惑った」という記述があるが、この「二クラス」という部分は、連載版では「一クラス」となっている。一七年版では、こころとフウカが、ともに、雪科第一小学校の出身だということが「十一月」の章で判明することになり、城に来るまで面識がなかった二人が、一学年一クラスの小規模な学校に一緒にいたことになると不自然であり、そうなると、マサムネの「パラレルワールド説」のような考えが「一月」を待たずに浮上してしまい、一月十日の「決戦」の計画が成り立たなくなってしまう。一七年版でのクラス数の変更は、この点を考慮してのものと思われる。

連載版では、こころの両親は弁護士だが、一七年版では会社員。

一七年版の伊田先生たちに関する記述（二〇頁七行目から二一頁三行目まで、二一年文庫版では上巻二八頁四行目から二九頁六行目、二二年キミノベル版では上巻二六頁七行目から二七頁七行目）は、連載版にはない。

一七年版の「東条萌」は、連載版では「東条由比（ゆい）」。こころと東条さんの学校の行き帰りが一緒だったのは、一七年版では「二週間」だが、連載版では、「三日間」。一七年版では、「三月」の章で、東条萌と最後に別れるときの最後の一行に、「私がその分、覚えている。萌ちゃんと今日、友達だったことを」（一七年版四三〇頁一行目、二一年文庫版では下巻一九三頁一行目、二二年キミノベル版では下巻一七一頁一行目）という印象的な一文が登場するが、「萌」という名前に変更された効果は、音の響きの面でも、漢字一文字という面でも、ここで発揮されているように思われる。

一七年版では、こころが東条さんの家で、『七ひきの子やぎ』の絵本の原画を見せてもらったことが書かれているが、この部分（二三頁一行目から二四頁一四行目まで、二一年文庫版では上巻三三頁四行目から三四頁八行目まで、二二年キミノベル版では上巻二九頁一一行目から三一頁七行目まで）は、連載版にはない。一七年版で追加されたこの部分は、『七ひきの子やぎ』を物語終盤での謎解きに使用するための伏線になっているが、連載版にこの部分がなかったということは、『七ひきの子やぎ』を用いた謎解きというアイデアが、連載開始時には作者の想定になかったということを示していると思われる。もちろん、オオカミさまと七人の中学生という人物設定は『七ひきの子やぎ』からの連想だろうから、この物語を謎解きの鍵に用いるというアイデアはとても自然であるが、執筆開始時には、そこまでは考えられていなかったのだろう。また、東条さんと学校への行き帰りが一緒だった期間が、連載版の「三日間」から一七年版で「二週間」に伸びたのは、こころが東条さんの家で『七ひきの子やぎ』の絵本の原画を見せてもらう機会の確保のためだと思われる。

一七年版で、こころが、二度目に鏡を通って城にやって来たときの場面、四〇頁一一行目から十二行目（二一年文庫版では上巻五六頁六行目から八行目、二二年キミノベル版では上巻五一頁九行目から一〇行目）にある「階段の上には、部屋ではなく、ただ大時計が置かれた張り出し廊下がある。

普通の二階建ての建物とは違って、この大階段は時計のところに行くためだけにあるようだ」という記述は、連載版にはない。この一七年版で追加された二行は、物語終盤でこころがいわば「七ひき目の子やぎ」になってアキを救うべく大時計を目指すために必要なものだが、この記述が連載版にないということは、連載開始時には、こころが大時計を開くという救済シーンは想定されていなかったということを意味していると思われる。

一七年版四一頁八行目（二一年文庫版では上巻五七頁七〜八行目、二二年キミノベル版では上巻五三頁九行目）に、「ゲーム機っぽいものを手にしている男の子」という記述があり、これは、後に「マサムネ」と呼ばれる男の子のことだが、この部分、連載版では、「ゲーム機」ではなく、「スマホを手に何かしている男の子」となっている。このことは、連載版開始時には、この物語に登場する中学生たちが、スマホが普及している時代の中学生であるという想定だったということを意味していると言ってよいだろう。ところが、連載最終回（第十回、『asta*』二〇一四年一〇月号）執筆時に年代のズレという設定が決まったため、スマホを知らない中学生も登場していることになり、マサムネがスマホを持っていたら、スバルやアキ（連載版のアイカに相当）が、「それ何？」と尋ねなければ不自然であり、そうなれば、時間のズレのトリックが発覚してしまう。そのため、時間のズレという設定が決まった連載第十回で連載を打ち切り、最初から書き直す決断がなされたものと思われる。また、こころが二〇〇五年〜二〇〇六年の中学生という設定になったため、この新しい設定では、こころも、スマホを知らないはずだ。マサムネからスマホを取り上げることは、連載版からの書き換えの中でも重要なポイントのひとつであると言えるだろう。この書き換えに呼応した書き換えは、他の部分にもあり、たとえば、一七年版五〇頁二〇行目（二一年文庫版では上巻六二頁三行目、二二年キミノベル版では上巻五七頁三行目）の「ゲーム機をいじっていた男子」は、連載版では、「スマホをいじっていた男の子」となっていたものが書き換えられたものである。なお、全員の年代が判明するのは、一七年版の終盤、「閉城」の章である。

一七年版四五頁には、オオカミさまが、「お前だけじゃない。これまでも何回か、迷える赤ずきんちゃんをこうやって定期的にこの城に招待してきた」と話していて、これは連載版でも同じであるが、城とオオカミさまの正体についての設定が確定してから書かれたと思われる一七年版「十一月」の章で、城とオオカミさまの正体に気づいたと思われるリオンが、この時のオオカミさまの話について、「何年かに一度、こうやって集めてる」と、確認する発言をしたのに対して「何年かに一度――、よりは平等な機会だと思うが、まあ、そう解釈してもらって構わない」と、微妙な修正発言をしている（一七年版二四九頁、二一年文庫版では上巻三四六頁、二二年キミノベル版では上巻三〇四頁）。そして、「閉城」の章では、こころの考えとして、「何年かに一度――、よりは平等な機会だと思うが」の意味を、「何年おきかの年ごとに、いろんな年から子どもを呼んでいた」という意味だったのだと理解する（一七年版五一八頁、二一年文庫版では下巻三一四頁一六行目、二二年キミノベル版では下巻二八三頁一行目）。一方、リオンの考えていたこととして、「〝オオカミさま〟は、これまで何組か、理音たちと同じように子どもたちを招いてきたと言ったけれど、それも嘘（フェイク）だったのでなないだろうか」とも記される（一七年版五五七頁、二一年文庫版では下巻三四二頁、二二年キミノベル版では下巻三〇七頁）。

城の期限が年度末いっぱいの三月三十一日ではなく三月三十日であることについて、リオンが〝オオカミさま〟に、「三月三十日ってのは、間違いじゃない？」（一七年版五〇頁、二一年文庫版上巻六九頁、二二年キミノベル版では上巻六四頁）と確認し、後に、一七年版の「閉城」の章で、リオンが、三月三十日が姉の命日であることなどから〝オオカミさま〟の正体に気づいていたことが判明するが、この確認の台詞は連載版にもあり、このことから、後に明かされる〝オオカミさま〟の正体とリオンが城に招かれた事情は、執筆開始時から考えられていた可能性が高いように思われる。

一七年版のアキは、連載版では「アイカ」。連載版開始時には、喜多嶋先生との特別な関係は想定されていなかったと思われるが、連載最終回（第十回、『asta*』二〇一四年一〇月号）執筆時に設定の変更が決まり、一七年版では、喜多嶋先生は、アキ（連載版のアイカに相当）の十四年後の姿であるということが「エピローグ」で明かされることになるため、喜多嶋先生のイメージや年代を考慮して、「アイカ」から「アキ」に名前が変更されたのかもしれない。

一七年版のフウカは、連載版では「タマミ」。設定が変更になった一七年版では、フウカは、こころよりも未来の二〇一九年～二〇二〇年の中学生という設定になったため、タマミという名前から、より新しい時代のイメージの名前のフウカに変更になったのかもしれない。加えて、この変更によって、一七年版の「三月」の章の中に登場する「そのたびに、私、自分が『フウカ』でよかったなって思う」という、印象的な一行が、美しく響いている。そして、この変更に伴い、連載版の「風科第五中学校」が「雪科第五中学校」に変更になったものと思われる。

一七年版では、アキの自己紹介の直後に、こころが、学校での自己紹介の場面を思い出し、伊田先生の名前も出るが、連載版では、その場面はなく、伊田先生の名前も出ない。

なお、一七年版の終盤で、三月の時点での七人の中学生の次のような年代とフルネームが明らかになる。

スバルは、一九八五年、長久(ながひさ)昴。
アキは、一九九九年、井上晶子。
こころは、二〇〇六年、安西こころ。
リオンは、二〇〇六年、水守理音。
マサムネは、二〇一三年、政宗青澄(あーす)。
フウカは、二〇二〇年、長谷川風歌。
ウレシノは、二〇二七年、嬉野遥(はるか)。

これらの年代は、三月の時点でのものなので、六月時点での年代は、ここから一年分を差し引かなければならない。

一七年版「六月」の概要

雨の降る朝、こころは、四月に、学校で「雨の匂いがする」と呟いたこと、それを真田さんたちに笑われて動けなくなったことを思い出し、「雨を好きでも、いいのかもしれない。だけど、学校というところは、そんな正直なことを言ってはいけない場所だったのだ」と考えたり、五月に、城で与えられた部屋に外国語の『七ひきの子やぎ』、『赤ずきん』などの本があったことなどを思い出したりしている。

それからしばらく城に行っていなかったこころは、城に行くことを躊躇してしまうが、「真田美織が、この世から消えますように」という願いを叶えたいという思いから、再び、鏡を通って城にやってくる。

＊ここまで（一七年版六八頁三行目まで、二一年文庫版では上巻九四頁四行目まで、二二年キミノベル版では上巻八五頁二行目まで）が、連載第三回（『asta*』二〇一四年一月号）。

城の「リビング」のような部屋に、マサムネとスバルがいて、ゲームをやっている。マサムネは「願いの鍵」に興味があるが、スバルは、あまり関心がないらしい。スバルは、「うちはゲームないから。やったことほとんどなくて、やらせてもらって驚いた」、「この城、よくない?」と言い、マサムネは、「鍵を探して確保するだけ確保して、後は、三月ギリギリまで〝願いの部屋〟を開きさえしなきゃいいんだって」と言う。マサムネは、「学校で学べることなんてどうせたいしたことじゃない」という親の考え方で、本人は、ゲーム関係の仕事に就きたいと思っているようで、「オレ、このゲームを開発した知り合いがいる」とも話す。こころは、いろいろな事情、考えがあることを知る。

マサムネは、「願いの鍵」を探しているようだが、「願いの鍵」も「願いの部屋」も見つからないことをこころに話す。こうして、こころは、マサムネたちと話すようになり、五時が近づくと、また、鏡を通って家に帰った。

ここまで(一七年版八五頁五行目まで、二一年文庫版では上巻一一八頁六行目まで、二二年キミノベル版では上巻一〇五頁二行目まで)が、連載第四回(『asta』二〇一四年二月号)。

マサムネたちと話すようになったこころは、他の中学生たちの様子も知るようになる。フウカは、城の中の自分の部屋にいることが多いこと。リオンは夕方に来ること。みな、「願いの部屋」

に入るための鏡を探しているらしいこと。そして、ウレシノの願いが、「アキとつきあいたい」ということだということ。

こころは、家から持ってきていた林檎をむいてウレシノたちに分けてあげてから、城の中を歩いて、ガスも水道もきていない城を見て、「何のための城なんだろう」と不思議な気持ちになる。そして、食堂の暖炉の内側に「×」マークが描かれているのを見つける。

そして、「ゲームの間」と呼び始めたリビングのような応接間のような部屋に戻ると、ウレシノが「アキからこころに乗り換え」（オオカミさまの言葉）たことを知る。こころは、ウレシノのことを「みんなから嫌われて、学校にも行けなくて、当然だ」と、思う。

＊ここまで（一七年版一〇一頁まで、二十一年文庫版では上巻一四一頁まで、二十二年キミノベル版では上巻一二四頁まで）が、連載第五回（『asta*』二〇一四年三月号）。

「六月」の章の連載版との比較

一七年版六四頁一七～一九行目（二一年文庫版では上巻八九頁六～八行目、二二年キミノベル版では上巻八一頁七～九行目）に、城でこころに与えられた部屋に、外国語の『七ひきの子やぎ』、『赤ずきん』などの本があったことなどが記されているが、この記述は、連載版にはない。この加筆は、一七年版で、『七ひきの子やぎ』の物語が終盤で謎解きに使われることへの伏線になっている。

一七年版六八頁三行目まで（二一年文庫版では上巻九四頁四行目まで、二二年キミノベル版では上巻八五頁二行目まで）が、連載版では「第一章　開城」となっていて、次の章が「第二章　願いの部屋」となっているが、一七年版では、そのような章タイトルは廃止され、代わりに、「五月」から「八月」までが「第一部　様子見の一学期」、「九月」から「十二月」までが「第二部　気づきの二学期」、「一月」から「エピローグ」までが「第三部　おわかれの三学期」となっている。

一七年版六九頁一三〜一四頁（二一年文庫版では上巻九六頁一〇〜一一行目、二二年キミノベル版では上巻八六頁一四行目〜八七頁一行目）に、スバルとマサムネがゲームをやるのに使っている大きなテレビについて、「やたらに大きくて重そうな、そのテレビ画面」という記述があるが、この部分は、連載版では、「液晶パネルのテレビ画面」となっている。一七年版では、スバルが、一九八四〜一九八五年の中学生という設定になったための書き換えであるのは明白。マサムネが液晶テレビを持ち込んでいたら、スバルが驚いて、その時点で年代のズレが発覚してしまうので、作者は、スバルに違和感を感じさせないようにしなければならず、そのための書き換えのだろう。七一頁七行目（二一年文庫版では上巻九八頁一五行目、二二年キミノベル版では上巻八九頁二行目）の「親父（おやじ）が物置に置きっぱなしにしていた古いテレビ」という説明も、これに連動した追加の台詞で、このセリフは、連載版にはない。

一七年版七四頁三行目（二一年文庫版では上巻一〇二頁一三行目、二二年キミノベル版では上巻、九二頁）のスバルの「うちはゲームないから。やったことほとんどなくて、やらせてもらって驚いた」という台詞は、連載版にはない。このセリフの追加は、一九八四年の中学生という設定になったスバルが、二〇一二年のマサムネのゲームに驚かないことを「正当化」するためのものだろう。

一七年版七九頁七行目（二一年文庫版では上巻一〇九頁一三〜一四行目、二二年キミノベル版では上巻九八頁六行目）に、こころのマサムネへの「この間、まだ発売前かなんかのゲーム機、持ってなかった？」という問いかけがあるが、これは、連載版にはない。一七年版の設定では、マサムネのゲーム機が、こころから見て未来のものであることになったことに呼応した加筆と言える。マサムネは、こころに、「あれかな、モニターしてほしいってその人から頼まれたやつ」と答えているが、これも、連載版にはない。代わりに、連載版では、ゲームに興味を示すこころに、マサムネが、「女なのに、持ってんだ」と呟き、こころが、「うん。今は多いと思うよ。ゲームやる女の子」と答えているが、このやりとりは、一七年版では削除されている。一七年版では、マサムネは、こころから見て未来の中学生だが、この時点では、二人ともそのことに気づいていないわけだから、連載版のこころの台詞は決して不自然ではないが、作者が違和感を覚えたための削除かもしれない。

一七年版七八頁九行目（二一年文庫版では上巻一〇八頁一〇行目、二二年キミノベル版では上巻九七頁五行目）の「家でやる通信教育」は、連載版では「家でやる学習ゼミ」だったところだが、この書き換えなどは、設定変更によるものではなく、わかりやすい表現に直しただけと思われる。

マサムネは、「オレ、このゲームを開発した知り合いがいる」とも話すが（一七年版七八頁一六行目、二一年文庫版では上巻一〇九頁二〜三行目、二二年キミノベル版では上巻九七頁一二行目）、「一二月」の章で、これが嘘だったことを話し、「ごめん」と謝る（一七年版三七三〜三七四頁、二一年文庫版では下巻一一四〜一一五頁、二二年キミノベル版では下巻一〇一頁）。

一七年版では、リオンが来るのが「いつも夕方」（一七年版八九頁一五行目、二一年文庫版では上巻一二四頁一〇行目、二二年キミノベル版では上巻一一〇頁五行目のスバルの台詞）となっているが、連載版では、「朝か夕方」となっている。このことは、連載開始時点では、リオンの時差の設定が確定していなかったという可能性を示すものとも言えるだろう。

一七年版九六頁一七行目（二一年文庫版では上巻一三四頁一三行目二二年キミノベル版では上巻一一八頁四行目）に、城に「ガスも水道も来てない」とあるが、連載版では「電気も水道もきてない」となっている。連載版と違って、一七年版では、城には、電気だけは来ていることに設定が変更されているが、これは、「閉城」の章で明かされる城の秘密、すなわち、城が、水守実生（ミオ）が両親からもらったドールハウスをモデルとしてできているという設定との整合性をとるために必要な変更であると言えるだろう。

一七年版九七頁七〜一一行目（二一年文庫版では上巻一三五行目九〜一五行目、二二年キミノベル版では上巻一一八頁一六行目〜一二〇頁一行目）の暖炉の内側の「×」マークについての記述は、連載版にはない。この「×」マークは、城のルールが、『七ひきの子やぎ』の物語に基づいて作られているという秘密を示すもののひとつで、終盤の「三月」の章への伏線であるが、このような設定は、連載開始時にはなかったものと思われる。

一七年版九八頁（二一年文庫版では上巻一三七頁、二二年キミノベル版では上巻一二一頁）には、こころがリオンの腕時計を見たとき、リオンが廊下の先を指さして「あっちに時計あるよ」と言う場面があるが、この場面は連載版にはなく、一七年版で追加されたものである。一七年版では、時差についての伏線として、この場面が追加されたと思われる。連載版でも、「五月」の段階で、オオカミさまは「日本時間」という言葉を使ってはいたが、連載版の「六月」までの記述では、時差の設定は確定的とは言えない。リオンがハワイ在住であることが明かされるのは、「八月」である。「五月」の「日本時間」という言葉については、むしろ、作者自身にとって、「八月」の時差の導入のアイデアのヒントになった可能性を否定できないように思われる。

一七年版一〇一頁一二行目（二一年文庫版では上巻一四一頁九行目、二二年キミノベル版では上巻一二四頁一三行目）に、こころの心情描写として、惚れっぽいウレシノについて「恋愛至上主義」という言葉が使われているが、これは、連載版と同じである。この時点でのウレシノは、単に、女の子が好きで、惚れっぽい男の子として描かれているだけであり、恋愛以外の価値を積極的に否定しているわけでもなく、これだけでは「恋愛至上主義」という言葉を使うのは、本来なら不適切、というより誤用というべきだろう。こころの、言葉の意味を理解せずに、日本語を誤用する未熟な中学生という印象は、連載版から一貫している。ウレシノに「恋愛至上主義」という言葉を使うことが許されるのは、「閉城」の章に至ってからだろう。

一七年版「七月」の概要

こころは、ウレシノにつきまとわれるのが嫌で、また、フウカとの間にも溝ができてしまって、三日間、城を休み、その間に、四月に学校であった嫌な出来事を思い出す。それは、同級生の真田美織が「好きな人」に選んだ池田仲太が、かつてこころのことが好きだったらしいということから、真田美織が池田仲太に、こころに向かって、「俺、お前みたいなブス、大嫌いだから」と、みなの前で言わせ、こころが、みなに乱暴な言葉を浴びせられたことだ。

だから、城で鍵を見つけた場合のこころの願いは、「真田美織を、消すこと」だ。

こころは、「ウレシノに、嫌だってことを、きちんと伝えよう」と考え、アキたちに、真田美織や池田仲太のことをどう言うか、聞いてみたいとも考え、再び、鏡をくぐって城に行く。すると、そこには、こころには目もくれずに、フウカに言い寄るウレシノの姿があった。
＊ここまで（一七年版一一六頁九行目まで、二一年文庫版では上巻一六二頁九行目まで、二二年キミノベル版では上巻一四二頁一行目まで）が、連載第六回（『asta*』二〇一四年四月号）。

ウレシノがフウカを好きになったのは、城に来ないこころのことをウレシノがフウカに相談したのがきっかけのようだった。

アキとこころとフウカの女子三人は、アキの提案で、食堂で、アキが持参した水筒のお湯で入れた紅茶を飲み、こころは、真田美織と池田仲太との自転車置き場での出来事や、そこから始まった、クラス内での嫌がらせ、さらには、これまで、友達にも親にも話していなかったことを話した。真田美織が女子たちを引き連れてこころの家を取り囲み、「出てこい！」と叫んだり、ドアをドンドンドンドンドン叩いたり、庭にはいってきて窓を開けようとしたりした恐怖の体験。真田美織の「あの子、他人の彼氏に色目使って、触られても楽しんでたんでしょ？」という声が聞こえ、「触られてなんてない」と思ったこと、「許せない」と誰かが言ったこと、「許さなくていい」、「私も、あなたたちを絶対に、許さないから」と思ったこと。命の危険を感じたこと。翌日、おなかが痛くなったこと。それから、学校を休み始めたこと。

こころが話し終えると、アキが、「偉い。よく、耐えた」と言って、こころの頭を撫で、涙を流すこころに、フウカが、横からハンカチを差し出した。
＊ここまで（一七年版一三四頁まで、二二年文庫版では上巻一八七頁まで、二二年キミノベル版では上巻一六四頁五行目まで）が、連載第七回（『asta*』二〇一四年五月号）。

「七月」の章の連載版との比較

一七年版一〇六頁七〜九行目（二二年文庫版では上巻一四八頁一〜三行目、二二年キミノベル版では上巻一三〇頁一〜三行目）のアキとフウカの映画談義では、「アキちゃんはそう言うけど、私はあの映画2の方がよかったけどな」、「えー！　あの映画って2あった？」、「えー！　ありえない。2がすごいのに」となっているが、連載版でのアイカとタマミ（一七年版のアキとフウカに相当）の会話では、「でもさ、アイカちゃんはそう言うけど、私はあの映画、1の方がよかったけどな」、「実はさ、私、1観てないのよ。2から観ちゃったってそんなのダメ？」、「えー！　ありえない」と、なっている。連載版では、ふたりの会話が、一応、かみ合っているが、フウカがアキから見て未来の中学生という設定になった一七年版では、未来の中学生であるフウカが「よかった」と言っている「2」を、アキは、その存在さえ知らないというように変更されている。

一七年版一一七頁一六行目（二二年文庫版では上巻一六四頁九〜一〇行目、二二年キミノベル版では上巻一四三頁一一～一二頁）のアキの「城の中、明るいし、暑くも涼しくもないけど」という台詞の後に、連載版では、「そもそも電気だって来てないって感じだよね」と続いているが、一七年版では、この部分が削除されている。一七年版では、城が、水守実生が両親から贈られたドールハウスをモデルに作られているという設定になり、そのドールハウスには明かりがともるというものだったため、城に、電気だけは来ているという設定になり、そのための書き換えと言える。同様の書き換えは他にもあり、一七年版一一八頁（二一年文庫版では上巻一六五頁、二一年キミノベル版では上巻一四五頁）の「電気は来てるよね。男子たち、ゲームしてるし」、「電源、気になってどうしてるのって聞いたら、普通にコンセントから取ってるって」というフウカの台詞、「電気が来てるの、〝ゲームの間〟だけじゃないみたいだよ。このシャンデリアも、なくても充分明るいけど、つけようと思ったらちゃんとつくみたい。ほら」というアキの台詞は、いずれも、連載版にはなかったものである。

こころがアキとフウカに、真田美織に家に押しかけられた事件の話をした場面、こころの頭を撫でながら「偉い。よく、耐えた」と話すアキの描写として、「目が合うと、アキの目がまっすぐ、こころを見ていた。優しく、いたわるように」（一七年版一三三頁、二一年文庫版では上巻一八六頁、二一年キミノベル版では上巻一六三頁）となっているが、アキの名がアイカだった連載版では、「目が合うと、透明だったアイカの目がまっすぐ、こころを見ていた。優しくいたわるように」となっていて、一七年版では、「透明だった」という表現が消えたことがわかる。連載版のアイカは、快活で、リーダー的な存在。そして、そのリーダー的な気質が強すぎることが災いしたのか、学校で孤立してしまって悩んでいることがうかがえるが、家庭に深刻な問題を抱えている気配は感じられない。それに対して、一七年版のアキは、家庭で深刻な虐待を受けて追い詰められているという設定に変わったため、それに合わせて、その目の描写から「透明だった」という表現が消えたのではないかと思われる。しかし、「まっすぐ、こころを見ていた。優しくいたわるように」という表現は一七年版でも変わることはなく、感激して涙を流すこころに、横からハンカチを差し出すフウカの描写の中にも、「その目の中にもまた、アキの目にあるのと同じ、優しい光があった」という表現がある。

一七年版「八月」の概要

夏休みになり、こころは勉強の遅れも心配になるが、親から勧められた塾の夏期講習に通うことにも踏み切れない。担任の伊田先生も、前ほどには来なくなっていた。城では、アキがフウカとこころに、近くの文房具屋さんで買ったという柄の入った紙ナプキンをプレゼントしたり、ウレシノが、フウカの誕生日に花をプレゼントしたりした。こころも、フウカへのプレゼントを買おうとショッピングモール「カレオ」に出かけようとするが、雪科第五中のジャージを着た男子の姿を見ただけで体がすくんでしまい、コンビニの光すらまぶしくて、途中で気持ちが悪くなり、コンビニでチョコレート菓子を買うのがやっとだった。さらに、フウカに渡そうと城に行くと、フウカは、塾の夏期講習に行っているということで渡せず、リオンに、「残念だったな」と言われて、ようやく、「あたたかいものに押される」。

＊ここまで（一七年版一五三頁一三行目まで、二一年文庫版では上巻二一三頁一一行目まで、二一年キミノベル版では上巻一八八頁七行目まで）が、連載第八回（『asta*』二〇一四年六月号）。

勉強も心配だが、塾も怖いこころが行きつく考えは一つだけ。「願いの部屋」の鍵、「願いの鍵」を見つけること。真田さんさえいなければ、こころは教室に、きっと戻れる。

＊連載版では、ここまで（一七年版一五四頁、二一年文庫版では上巻二一五頁六行目まで、二一年キミノベル版では上巻一八九頁一四行目まで）が、「第二章　願いの部屋」、ここからが、「第三章　防風の城」。

こころは、ゲームに感動して泣くというマサムネの話に驚き、マサムネは、こころに「その程度の熱意なんだ」と言い、不満そうだ。夏期講習から戻ったというフウカは、こころからのプレゼントを受け取ったフウカが喜んでくれる。姿を見せないマサムネのことを、リオンが、「案外、マサムネの方でも気にしてるんじゃないかな。こころに言いすぎたって」と言い、こころは、「私も、次会ったら、ちゃんと謝る」と話す。

家では、喜多嶋先生がこころのことを気にしているということを母親から告げられ、こころは、喜多嶋先生が、こころがどんな目に遭ったか気づいてくれないかと、か細い期待に胸が揺れそうな思いになる。喜多嶋先生は、「こころちゃんが学校に行けないのは、絶対にこころちゃんのせいじゃないです」と言ったという。一方、母親は、喜多嶋先生が家に来たときにこころがいなかったということを気にして、こころを問いただそうとし、こころは母親に対して、「どうして、あの場所に黙って行かせておいてくれないのだろう」と不満に思った。

＊ここまで（一七年版一七一頁二行目まで、二一年文庫版では上巻二三八頁四行目まで、二二年キミノベル版では上巻二〇八頁一二行目まで）が、連載第九回（『asta*』二〇一四年七月号）。

母親に昼間のことを問いただされてケンカした翌日、こころは、母親から「昨日はごめんね」と言われ、こころは、母親が、喜多嶋先生やスクールの人たちから何かアドバイスされたのだろうか、と想像する。

その翌日、城に行くと、スバルが髪を染めて来ていて、「兄ちゃんにやられた」と言っていた。

そしてウレシノは、二学期から学校に行くと言い、城で自分が軽んじられていることへの不満を口にする。そしてウレシノとの会話の過程で、リオンが、ハワイの学校に留学していることを明かす。

そして一週間後、今度は、アキが髪を染めて現れた。

「八月」の章の連載版との比較

連載版には、「八月」という月の章タイトルはなく、一七年版の「八月」の部分は、連載版では、「七月」の続きになっている。

一七年版での伊田先生が前ほどには来なくなっていたという記述は連載版にはなく、連載版には、その代わりに、親が夏期講習を勧めることについて、タマミ（一七年版のフウカに相当）が、「過度に干渉」という言葉を使って批判する場面があるが、一七年版にはない。一七年版のフウカは、連載版のタマミに比べて母親思いであることは、一七年版「三月」の章で明らかになる。

一七年版では、アキが紙ナプキンをフウカとこころにプレゼントするが、連載版では、アイカ（連載版のアキに相当）は、紙ナプキンを「お茶」に使うだけで、プレゼントはしない。

こころが、フウカ（連載版のタマミに相当）へのプレゼントを買うために出かけようとする場面が、連載版では、「学校は八時半から、かがみの城は九時から、そして、世の中の多くのお店が十時頃から開く」となっているが、一七年版では、「世の中の多くのお店が十時頃から開く」だけになっている。この書き換えは、設定の変更によるものではなく、この時期は、夏休みであることから、「学校は八時半から」という文言は削除すべきと判断されたと思われる。

一七年版一五〇頁一二行目（二一年文庫版では上巻二〇九頁五行目、二二年キミノベル版では上巻一八三頁一五行目）で、勉強をどうしているのかというこころの問いに対するマサムネの返答は、「塾って前に言わなかったっけ？」となっているが、連載版では、「塾と通信教育って前に言わなかったっけ？」となっている。一七年版では、塾の夏期講習が話題になっているため、「通信教育」のほうは削除したのかもしれない。

こころが、ゲームに感動して泣くというマサムネの話に驚く場面の後、連載版では、「別の日」のこととして、タマミ（一七年版のフウカに相当）がマサムネに「なんでそんな古いゲームやってるの」と言い、マサムネが、「最先端ですけど」と、不愉快そうに答える場面がある。マサムネが出ていってしまった後、「今度、謝らなきゃ」と言うのはタマミだが、一七年版では、この連載版のタマミとマサムネとのやりとりは削除されている。

連載版のタマミとマサムネとのやりとりは、一見、この時点で、時間のズレの設定の導入を作者が考えたことの現れとも見えるが、実際の一七年版での七年のズレを考えると、フウカ（連載版のタマミに相当）がマサムネのゲームを知っていることのほうがむしろ不自然かもしれない。恐らく、フウカは、幼いころからピアノの英才教育を受けていただろうから、古いゲームなど知らないというのが自然だろう。一七年版で、ゲームをめぐる連載版のタマミの発言が削除されたのは、そのためかもしれない。

また、連載版では、こころが「マサムネくんが言うことも、ちょっとムジュンっていうか、おかしいんだよ。私には知らないなんて遅れてる、みたいな〝最先端〟とは真逆なこと言ってたのに、すごく怒って」と言っていて、このやりとりも、時間のズレの設定と関係があるように見えなくもないが、こころは、マサムネのゲームをある程度は理解しているようで、やはり七年のズレという感じではない。そして、これらのやりとりは、一七年版では削除されている。マサムネは、「九月」のウレシノの負傷を契機に、城の仲間への思いやりを見せるようになるが、「八月」の時点までは、他人への思いやりの心が希薄な様子が強調されていて、ゲームをめぐる連載版でのこころ、タマミとのやりとりも、そのことを示すためのエピソードであるように思われる。「知らない」と言われても、「古い」と言われても不満を示す態度。しかし、このようなエピソードが、挿入した作者自身に、年代のズレの設定のヒントを与えるという可能性は否定でないようにも思われる。ただし、七年のズレということになると、むしろ、整合性の問題が生じてしまい、エピソード自体を削除しなければならなくなってしまう。

こうしたゲームに関するやりとりに変わって、一七年版には、スバルに関する決定的な加筆が施されている。一七年版一五九頁四〜六行目（二一年文庫版では上巻二二一頁一一〜一三行目、二二年キミノベル版では上巻一九四頁一一〜一三行目）に、こころが、「スバルくんって、ハリポタのロンに似てるって言われたことない？」と尋ねたのに対して、スバルは、「ハリポタ？」と答え、話が通じず、こころが、「あ、『ハリー・ポッター』。本の」と付け加え、「別に本じゃなくても映画でもイメージ一緒か」と思いなおし、スバルは、「初めて言われた」、「こころちゃんは本が好きなんだね」と答え、スバルが、『ハリー・ポッター』を知らないことが示される。これは、もちろん、スバルが、まだ『ハリー・ポッター』（第一巻の日本語版は一九九九年）が存在しない時代の中学生であることを示唆するもので、終盤に向けての伏線として、一七年版に加筆されたものである。『ハリー・ポッター』シリーズの第一作『ハリー・ポッターと賢者の石』の第6章の中でのロンは、初登場シーンで、「背が高く、やせて、ひょろっとした子で、そばかすだらけで、手足が大きく、鼻が高かった」（J・K・ローリング作、松岡祐子訳、一九九九年、静山社）と表現されている。

一七年版では、ゲームに感動して泣くというマサムネの話に驚き、理解してくれなかったこころにマサムネが不満を抱き、マサムネが来なくなってしまったときに、こころが「私が怒らせたの」と白状し、「案外、マサムネの方でも気にしてるんじゃないかな。こころに言いすぎたって」とリオンに言われて、こころが、「私も、次会ったら、ちゃんと謝る」と答える場面があるが、連載版では、マサムネは、タマミに「なんでそんな古いゲームやってるの」と言われて怒ったのであり、マサムネが来なくなったときに、「私が怒らせたの」と言ったのはタマミ（一七年版のフウカに相当）であり、「マサムネ、気にしそう」と言うリオンに対して、タマミが「うん。私もそう思う」と答えていて、タマミが反省している様子が描かれている。そして、こころについては、「その二人のやりとりを見て、こころは、ちょっと衝撃を受けていた。大人だなぁ、と思う」と書かれている。一七年版では、マサムネを怒らせたのはこころであり、そのこころが、「私も、次会ったら、ちゃんと謝る」と発言していて、一七年版でのこのような変更は、主役であるこころの城での成長を表現する場面を作り出している。

連載版では、勉強のことを気にするこころに、リオンが通信教育の教材を貸したり、タマミ（一七年版のフウカに相当）が、「中一の勉強だったら、私、教えられるかも」、「一応、中二だし」と言ったりしているが、この場面は、一七年版にはなく、一七年版では、学校の勉強の話題の比重は軽くなっている。

こころが、母親に昼間のことを問いただされる場面、「喜多嶋先生。覚えてるでしょう？」という母親の問いに対して、一七年版では、「こころを教室に案内してくれた、あの若い女の先生だ」とあるが、連載版では、「ひょっとして、こころを教室に案内してくれた、あの若い女の先生だろうか」となっていて、これでは、もう、こころが、喜多嶋先生のことを忘れかかっていることになってしまうが、一七年版では修正されている。

また、連載版では、昼間の不在に母親が気づくきっかけになった喜多嶋先生について、「どうして、うちになんかわざわざ来たんだろう」と、こころが不満げに思う記述があるが、一七年版では、これが削除され、代わって、「こころちゃんが学校に行けないのは、絶対にこころちゃんのせいじゃない」と、喜多嶋先生が言っていたということが、母親によって語られ、こころは、真田美織のせいで自分が学校に行けなくなっていることについて、「喜多嶋先生は、ひょっとして、何か、気づいてくれたのだろうか」と、「淡い、か細い期待に胸が揺れそうになる」という記述が登場し、喜多嶋先生に対するこころの心情が、連載版から大きく修正されている。

もちろん、連載版になかったこれらの記述は、一七年版の結末へ向けての準備であろう。一七年版での喜多嶋先生は、城の外でのほとんど唯一のこころの支えとなる存在として描かれる。

母親に昼間のことを問いただされた翌日に城を休んだことについても、連載版では「こころを心配して、優しそうなあの先生が来た時に、またいなかったら、お母さんに告げ口されるかもしれない」という表現があるのに対して、一七年版では、これも削除され、優しい態度になった母親を警戒して、「罠かもしれないから、こころはその日、一日、家で過ごした。口ではそう言っていても、監視されているかもしれない、と思ったからだ」という記述に変わり、警戒の対象は、あくまでも母親というようになっている。

一七年版一七七頁一行目（二二年文庫版では上巻二四六頁一〇行目、二二年キミノベル版では上巻二一五頁一四行目）のウレシノに対する「恋愛至上主義の男子」というこころの見方の表現は、連載版でも同じであり、「五月」の章と同様、こころの、言葉の意味を理解せずに日本語を誤用する未熟な中学生という印象は一貫している。ウレシノに「恋愛至上主義」という言葉を使うことが許されるのは、「閉城」の章に至ってからだろう。

一七年版一七九頁三行目（二二年文庫版では上巻二四九頁七行目、二二年キミノベル版では上巻二一八頁四行目）で、自分が軽んじられていることに対する不満を爆発させたウレシノが、リオンに対して、「そんな我関せずみたいな顔してるけど」と言っているが、ここの台詞は、連載版では、「そんな芸能人みたいな顔してるけど」となっている。

また、リオンが、ハワイの学校に留学していることが判明した後、「じゃ、サッカーのための留学ってこと?」、「すごいな」という台詞に続いて、一七年版では、「ハワイの学校なんて、リオンの家、相当金持ちなんだな。芸能人みたい」というスバルの台詞があるが、連載版では、この台詞は、「中田やカズみたいだ」となっている。サッカーの中田英寿選手が活躍した時代は、一七年版のスバルの一九八四〜一九八五年という年代より後で、一七年版の設定では、スバルは中田英寿選手を知らないはずということになるので、この書き換えは、避けて通れないところだったということになる。

　また、連載版のここの記述は、連載第一〇回（『asta*』二〇一四年九月号）の時点でも、一七年版のような年代設定のアイデアは、まだ、存在していなかったということの証とも言える。なお、先述のウレシノの台詞の「芸能人みたいな顔」から「我関せずみたいな顔」への変更は、「中田やカズみたいだ」から「芸能人みたい」への変更に連動したものかもしれない。「中田やカズみたい」の削除は必須だが、これを「芸能人みたい」に変更するだけでは、「芸能人」のいう言葉が重なってしまうが、ウレシノの台詞から「芸能人みたい」という言葉を削除したことで、重複が避けられている。

　なお、スバルが髪を染めたことについて、「兄ちゃんにやられた」と言っているのが嘘だったということは、終盤、「三月」の章で判明する。また、フウカが夏期講習に行っているというのも、「三月」の章で嘘だったことが判明する。

一七年版「九月」の概要

　アキが髪を染めて来たのは、夏休みが終わった後だった。スバルは金髪に近いが、アキは赤毛。そして、九月の中旬、ウレシノが傷だらけで城に戻ってくる。

＊ここまで（一七年版一九〇頁七行目まで、二一年文庫版では上巻二六五頁四行目まで、二二年キミノベル版では上巻二三二頁一四行目まで）が、連載第一〇回（『asta*』二〇一四年九月号）。

ウレシノは、かつて、同級生のジュース代やアイス代を出したりしていたことが発覚して問題となり、学校に行かなくなっていて、時々、フリースクールに行ったりしていたが、父親の意向で二学期から戻ったものの、「奢ってもらえないなら、お前に用はない」と言われて殴ったところ、やり返されたのだと言う。そして、スクール（フリースクール）の先生は自分の話を聞いてくれたと話し、フリースクールをも冷めた目で見ていたマサムネに、「民間の支援団体とかって、上から目線の、バカにした言い方すんなよ」と言い、マサムネも、ウレシノのことを、「悪くない」、「お疲れ」と言う。

アキには年上の彼氏がいるらしく、スバルの兄には彼女がいるらしいことが、彼らの話でわかり、「みんな、いろいろ事情がある」と、こころは思う。こころがリオンに兄弟のことを訪ねると、彼は、「姉ちゃんがひとり」と答え、「お姉さんもハワイ？」というこころの問いには、なぜかちょっと困ったようになりながら、「日本」、「日本にいる」と答える。

家に帰ると、喜多嶋先生が訪ねてきて、「こころちゃんは毎日、闘ってるでしょう？」という喜多嶋先生の言葉に、こころは嬉しくなり、「胸の一番柔らかい部分が熱く、締め付けられるようになる」。「殺されないために、今だって学校に行かないことで闘っている」こころは、「核心をつく言葉」に感心もする。喜多嶋先生は、「私が好きな紅茶なの」と言って、紅茶のティーバッグの包みを、こころにプレゼントする。こころは、「自分が喜多嶋先生に妙に親しみを覚えていることに気づいた。誰かに、似ている気がする。喜多嶋先生くらいの、年上の知り合いなんてほとんど知らないにもかかわらず」。

「九月」の章の連載版との比較

ウレシノが「スクール」に行っていることが判明したとき、スバルが怪訝そうに「スクール?」、「なんで英語?」と尋ね、マサムネが、「フリースクールのことだろ」と答える場面があるが、このやり取りで、スバルはフリースクールという存在を知らず、マサムネは知っていることがわかる。一七年版では、スバルは一九八四〜一九八五年の中学生であり、マサムネは、二〇一二〜二〇一三年の中学生という設定になったことに対応した会話になっており、連載版にも、ここの記述はそのまま存在することから、連載第一一回(『asta*』二〇一四年一〇月号)執筆時に、この年代設定は、そのおおよそが生まれたということがわかる。現実の日本のフリースクールの出発点となった東京シューレが東京都北区の東十条駅の近くに誕生したのは、一九八五年六月下旬であり、日本のフリースクール誕生前夜とも言える時期の中学生であるスバルは、まだ、フリースクールを知らないのは当然である。

さらに、この場面で、フリースクールの説明をしようとするマサムネが、「お前の家の近くにもない？　学校に行かない子どもが代わりに通うような場所」と言うのに対して、アキが「知らない」と答えている。一七年版でのアキは、一九九一〜一九九二年の中学生だが、この時期は、まだ、フリースクールが広く知られる存在ではなかったということに対応した会話になっている。二〇〇五〜二〇〇六年の中学生であるこころや、二〇一二〜二〇一三年の中学生であるマサムネとは、時代が違うということが、この会話からわかる。

このとき、一七年版では、二〇一九〜二〇二〇年の中学生であるフウカが、「探したら、うちの近くにもあるのかな」と発言しているが、連載版では、ここで、タマミ（一七年版のフウカに相当）は、「私、たまに行ってるよ」、「（母親に）連れて行ってもらったけど、でも、悪いとこじゃないよ」と発言していて、一七年版で修正されたことがわかる。一七年版のフウカは、この後、「十二月」のクリスマスパーティーのときに、こころに、「私も行ってみようかな」、「こころの行ってる、そのフリースクール。喜多嶋先生、会ってみたい」と話し、自分の意志で、スフリースクールに行って、喜多嶋先生とのつながりを得ることになる。

この連載版からの変更の意味は大きく、一七年版では、フウカが初めて喜多嶋先生を訪ねて行ったときの記憶が、こころへの流入という形で、「三月」の章で描かれる。また、このときは知っているだけだったマサムネも、後に（「十二月」の章で）、自分の意志で喜多嶋先生に会ったことをこころに話し、「お前たちが言ってた人と同じだって気づいて、だから会った」（一七年版二六四頁、二一年文庫版では上巻三六六頁一四～一五行目、二二年キミノベル版では上巻三二一頁三行目）と明言している。ただし、ウレシノのフリースクールの先生が、こころのフリースクールの先生と同じ喜多嶋先生であることが明らかになるのは、「十一月」の章である。一七年版では、喜多嶋先生は、結局、こころ、ウレシノだけでなく、マサムネ、フウカの心の支えにもなっている。さらに言えば、オオカミさまの支えにもなっていたわけだが、これが明かされるのは「エピローグ」でのことである。

　ウレシノのファーストネームが「ハルカ」であることが判明したとき、「最初の自己紹介の時、みんなが名前を言う中で、ウレシノは一人だけ苗字を名乗った」（一七年版一九八頁一一行目、二一年文庫版では上巻二七七頁一～二行目、二二年キミノベル版では上巻二四三頁三行目）とあり、これは、連載版でも同じである。一七年版の「閉城」の章では、「マサムネ」も苗字であったことになっているが、「九月」の章では、一七年版でも、マサムネが語る彼の親の台詞に、フリースクールについての「うちなんかはドライだから『マサムネはこんなとこ、きっと行かないよね』って一言言われて終わり」（一七年版一九四頁八～九行目、二一年文庫版では上巻二七一頁三～四行目、二二年キミノベル版では上巻二三八頁九〜一〇行目）とあるので、この時点では、「マサムネ」はファーストネームだというつもりで作者は執筆していたようであり、ここを書き換えることなく「三月」の章あたりでの「思いつき」で「マサムネ」を苗字にしてしまったため、「九月」の章での台詞との間に違和感が生じる結果となってしまったのかもしれない。

重要な書き換えは、かなり入念になされていることを、本書での検証で明らかにしているわけであるが、この「九月」の章でのマサムネの台詞の中の親の台詞については、書き換え切れなかったということなのかもしれない。

連載版では、アキが、彼氏からもらったという携帯用のペット育成ゲームをいじっていて、ところが、「あんなレトロなゲームは今はだいぶ入手困難なんだろうな」と感心する場面があるが、一七年版では、削除されている。一七年版で削除された連載版でのこの記述は、導入を決めたばかりの年代のズレの設定を表現するための伏線として試みられた可能性が考えられるが、一七年版での一九九一〜一九九二年というアキの年代は、ペット育成ゲームのブームよりも古い。そのため、この記述が一七年版で削除された可能性があるが、このことは、また、連載最終回（第一一回）では、年代のズレのアイデアの導入は決まったものの、その年代の詳細は、未定だったか、その後、変更された可能性を示すものだと言ってよいだろう。

連載版では、リオンの母親がキャビンアテンダントだということをリオンがこころに話しているが、一七年版では、「昔は父さんと同じ会社で働いてたみたいだけど、オレが生まれた頃にやめた」となっている。また、連載版では、家族の話になったときに、リオンの方から、「あと、家族は姉ちゃんが一人」と話しているが、一七年版では、こころから、「兄弟は？」と聞かれての返答になっている。また、その姉について、連載版では、「日本」と、一度言うだけだが、一七年版では、「日本」と答えた後、もう一度、「日本にいる」と答えている。この部分の、連載版と一七年版との微妙な違いを見ると、連載版の時点では、連載最終回でも、オオカミさまをリオンの姉とする設定が決まっていたと断定することは難しいと思われる。

喜多嶋先生の「こころちゃんは毎日、闘ってるでしょう？」という言葉は、連載版にはない。一七年版でのこの言葉は、「八月」に、喜多嶋先生がこころの母親に言ったという「こころちゃんが学校に行けないのは、絶対にこころちゃんのせいじゃないです」という言葉の理由をこころがたずねたことに対する喜多嶋先生の返答だが、連載版では、質問の元になった喜多嶋先生の言葉が、そもそも存在しない。その連載版では、こころは、喜多嶋先生の訪問に戸惑い、「また、来てもいいかな？」という喜多嶋先生の言葉にも戸惑うが、「あそこの先生は、聞いてくれたんだよ。オレの話」というウレシノの言葉を思い出して、ようやく、「――はい」と答える。一七年版では、ここでのウレシノの言葉を思い出す場面はない。ウレシノのフリースクールの先生が、こころのフリースクールの先生と同じ喜多嶋先生であることが明らかになるのは、「十一月」の章である。

　また、連載版では、「また、来てもいいかな」という喜多嶋先生の台詞の直後に、「こころと会話が弾まなくても、仕事だから、そう言わなきゃいけないのかもしれない」というこころの考えが記述されているが、一七年版では削除されている。連載版で、喜多嶋先生が紅茶のティーバッグをこころにプレゼントしたのは、この場面の直後であり、一七年版の「衝撃のラスト」のアイデアは、この瞬間、つまり、喜多嶋先生の紅茶のプレゼントの瞬間に生まれたのではないかと想像してしまう。実際、喜多嶋先生が紅茶のプレゼントをこころに渡して帰った直後に、「自分が喜多嶋先生に妙に親しみを覚えていることに気づいた。誰かに、似ている気がする。喜多嶋先生くらいの、年上の知り合いなんてほとんど知らないにもかかわらず」という記述が登場する。そして、これが記述された連載第一一回で、突然、連載は終了してしまう。

「七月」に、アキが紅茶をいれる場面があり、「アキは紅茶が好き」というイメージが、そのときにもある程度出来上がっていたため（連載版のアイカも同様）、「九月」の喜多嶋先生のプレゼントを紅茶にしたのは、いわば、その「七月」の場面を利用した形であるが、「七月」の紅茶の場面の執筆時には、喜多嶋先生の正体についての設定が確定していなかったと思われるので、「七月」の紅茶は、厳密には「伏線」とは言えないだろう。むしろ、「十月」の喜多嶋先生の紅茶のプレゼントが、「七月」の紅茶に「伏線」としての意味を持たせるための工夫であり、この先の展開に絡む重要な布石であると言えるだろう。
喜多嶋先生からプレゼントされた紅茶のティーバッグは、後に、「十二月」のクリスマスパーティーのときに、こころが、それで作った水筒の紅茶をみんなに分け、アキとフウカが感動する。そこでは、アキは、未来の自分からのプレゼントに感動したことになるが、フウカは、このとき、「私も行ってみようかな」、「こころの行ってる、そのフリースクール。喜多嶋先生、会ってみたい」と話し、その後、実際に、自分の意志で喜多嶋先生に会いに行っていたことが、「三月」の章で明かされる。

こころが、「自分が喜多嶋先生に妙に親しみを覚えていることに気づいた。誰かに、似ている気がする。喜多嶋先生くらいの、年上の知り合いなんてほとんど知らないにもかかわらず」という決定的な記述は、連載最終回（第一一回）に登場していて、喜多嶋先生がアキの十四年後の姿であるということが一七年版の最後に明かされるという結末のアイデアは、年代の詳細は確定していなかったかもしれないが、その大筋は、連載第一一回（『asta*』二〇一四年一〇月号）執筆時に生まれていたということがわかる。

一七年版「十月」の概要

なかなか見つからない「願いの部屋」の鍵探しについて、アキとマサムネが、みんなに提案する。みんなで探して、その後で誰がどんな願いを叶えたいかを話し合うか、くじ引きかジャンケンで決めるという提案。こころの「願い」は、口に出すのがはばかられるような後ろ暗い願いであり、話し合いとなると、口下手なこころに勝ち目はないと思ったが、他に道はないと思って、こころも同意し、全員が一致する。そして、リオンの提案で、たとえ鍵を見つけても、三月までは使わず、三月めいっぱいまで城を使える状態のままにしておくということも決まる。そこに、オオカミさまが現れ、「言い忘れてたことがあって、今日はそれを伝えに来た」、「鍵を使って〝願いの部屋〟で願いを叶えた時点で、お前たちはここでの記憶を失う」、「三月三十日まで、誰の願いも叶えなかった場合には記憶は継続。城は閉じるが、お前たちはここでのことを覚えたままでいる。そういうことになっている」、「すまんすまん、言うのを忘れてて」と、「ごく軽い調子に、彼女が言った」。

＊ここまで（一七年版二二四頁一四行目まで、二一年文庫版では上巻三一三頁九行目まで、二二年キミノベル版では上巻二七五頁九行目まで）が連載版第一一回（『asta*』二〇一四年一一月号）。ここで、連載は終了。

アキは、記憶なんて消えたっていいと言うが、ウレシノが「僕は、やだよ」と言い、アキは、出て行ってしまう。

　それからしばらく城に来なかったアキが次に戻ってきたのは十一月の初め。「ゲームの間」のソファのところで膝を抱えてうずくまっているアキをこころが見つける。アキは、珍しく制服を着ていた。そして、それは、こころと同じ雪科第五中学のものだった。

「十月」の章と結末との関係

「十月」の章の前半で、オオカミさまが城のルールを追加したところで連載が終了となり、「『かがみの孤城』の連載は今回で終了致します。ご愛読頂き、ありがとうございました。本連載をまとめたものは、来年以降に刊行の予定です」と記されている。

　連載終了直前に、オオカミさまが城のルールを追加したのは、もちろん、連載開始時に想定されていなかった結末が、この時点で決まったためだろう。一七年版の結末は、喜多嶋先生が、アキの十四年後の姿であるということが明かされるという感動的なものだが、そうなると、城のルールを追加しないと、喜多嶋先生は、初めてこころに会う前からこころの記憶を持っていることになってしまい、物語が破綻してしまう。オオカミさまによるルールの追加は、その破綻を避けるためであるのは明白だが、他にも、修正しなければいけないことが多々あり、それはすでに指摘したことであるが、それらの修正をしなければここから先は書き続けられないため、連載が終了となり、単行本刊行に向けた執筆が始まったと思われる。一七年版の感動的な結末は、ここでの作者の決断によるものであろう。この、時間、年代のズレを利用する結末の決定により、まず、追加しなければならなくなったルールが、オオカミさまによって追加された記憶に関するルールだったわけである。

ここから先は、連載版にはなく、一七年版に特有の部分となる。

スバルが、オオカミさまについて、「もともと願いを叶える鍵なんてなかったりして」と言い、マサムネも「ありそう」と呟く場面で、リオンが「いや」と口をはさんで反論し、「あの人も意地悪な気持ちでやってるわけじゃなくて」と話し、リオンの「あの人」という言葉を、こころは「新鮮だ」と感じるが、ここでのリオンの反応は、リオンが、オオカミさまと城の正体について気づいていることを示唆するものである。リオンのこのような発言は、連載版には見られないものであり、オオカミさまがリオンの姉であるという設定が、連載当時には確定していなかった可能性を示唆するものであるようにもわれる。

そして、ここから結末に向けて謎が提示され、緊迫した展開になっていく。その第一段として、アキが、こころと同じ雪科第五中の生徒であることが明かされるが、ここでは、アキが珍しく制服を着て、膝を抱えてうずくまっていたというエピソードも重要だ。アキの追い詰められた深刻な境遇を象徴するこのシーンの真相は、「三月」の章で明かされる。

一七年版「十一月」の概要

アキが着てきた雪科第五中の制服を見て驚くこころに、アキが困惑していると、マサムネ、スバル、フウカも次々にやって来て、彼ら全員が雪科第五中の生徒であることが判明する。

スバルは、母親が自分たちを置いて出て行ったこと、父親は再婚相手と暮らしていること、自分たち兄弟は祖母の家で暮らしていること、中三に上がるタイミングで茨城から東京に引っ越してきて、東京には知り合いもいないことを話す。

さらに、ハワイ在住のリオンがやって来て、雪科第五中は、リオンが通うはずだった学校であることも判明。彼らは、みんな、雪科第五中に通う予定で、だけど、通っていない子。そういう共通項でこの城に集められているということに気づく。

彼らは、自分たちが、みな近くに住んでいるらしいということに気づき、こころがウレシノに「スクールの先生って、喜多嶋先生?」と尋ねると、ウレシノは、「うん、そうだよ。喜多嶋先生」と答え、フウカは、「同じ先生なの?」と、興味を示す。

アキが制服を着てきたために、これまで気づけなかったことが判明したが、スバルがアキに、制服を着てきた理由を尋ねると、アキは、祖母の葬式があったことを話す。

「十一月」の章と結末との関係

連載は、「十月」の途中で終了しているので、「十一月」からは連載版にはなく、完全に連載終了後に書かれた一七年版に特有の部分であり、「九月」までの重苦しい展開と違ってスリリングな展開となり、確定した結末に向けて、伏線や謎の提示が続く。

「十一月」の章で明かされる最重要事項は、城に招待されている中学生全員が、東京の雪科第五中に通う予定で、通っていない中学生だということだが、同時に、結末へ向けてのいくつかの伏線も登場している。

互いの家が近いらしいということに気づいた中学生たちが話をする中、アキが、「カレオのあるあたりだよね？」と言うが、アキは首を傾げ、こころが、「フウカちゃんの誕生日にあげたナプキン、あそこのお店で買ったの？」と尋ねると、アキは、「商店街の丸御堂（まるみどう）のものだよ」と答え、これには、スバルが「丸御堂！」と反応し、一方、スバルが口にした「駅前のマック」という言葉に、フウカは、「今、マックあるんだ」と呟く。この場面は、彼らが別の年代から城にやって来ていることを示すものであり、謎が明かされる終盤への伏線であるが、この時点では、彼らは、年代のズレに気づいていない。

リオンが、オオカミさまに、「何年かに一度、こうやって集めてる」という「五月」の説明について確認すると、オオカミさまは、「何年かに一度——、よりは平等な機会だと思うが、まあ、そう解釈してもらっても構わない」と、微妙な修正発言をしていて、これは、「五月」の章の執筆時点では想定されていなかった設定が一七年版に導入されたための修正ということだろうが、リオンは、オオカミさまの正体に気づいているらしいが、年代のズレには気づいていないようだ。

また、こころが、フリースクールの喜多嶋先生について、ウレシノに、「きれいだよね、喜多嶋先生」と話したのに対して、惚れっぽいはずのウレシノが、「きれい？」と首をかしげる場面があり、これは、ウレシノの時代の喜多嶋先生が、こころの時代の喜多嶋先生とは違って、すでに、かなり年配の先生になっているということを示唆する伏線である。

一七年版「十二月」の概要

リオンが城でクリスマスパーティーを開くことを提案し、二十五日に開くことが決まる。

マサムネがこころとウレシノのフリースクールの先生の喜多嶋先生に会ったことがわかり、マサムネは、「お前たちが言ってた人と同じだって気づいて。だから会った」と話す。アキは、「ふうん。うちにもそのうち来るのかな」と呟き、こころは、「もし喜多嶋先生がアキのところに訪ねてきたら、マサムネみたいに会ってみてほしいな、と思う」。

こころと真田美織との間に何かあったらしいということに気づいた担任の伊田先生がこころの家にやって来て、真田美織と会ってみないかと勧めるが、こころは、真田美織の説明しか聞いておらず全く真相を理解していない伊田先生が「真田も心配してるよ。反省して——」というのに対して、「反省なんて、してないと思います」と否定し、母親も、「まずは、こころの口から、何があったのかを聞いてもらうのが先じゃないですか。その、真田さんというお嬢さんの口から事情を聞いたのと同じように」、「今日のところは、もういいです」と話し、伊田先生は帰って行く。

母親との信頼関係ができたこころは、母親に連れられて、平日の昼間にショッピングモール「カレオ」のフードコートでソフトクリームを食べ、城の誰かに会えないかと期待してしまうが、誰の姿も現れない。母親は、「学校、かわりたい?」と尋ねるが、こころは、雪科第五中の生徒でなくなると城に行けなくなるのではないかと心配になり、「ちょっと考えてもいい?」と、結論を保留する。そして、いろんなチョコレートが詰まったバラエティパックを買ってもらう。

城のクリスマスパーティー当日、リオンが、母親が来て焼いていったというケーキを持って現れ、ウレシノの指名で、かつて林檎をむいたこころがケーキを切る。リオンの呼びかけで現れたオオカミさまも、「分けてもらえるなら、持ち帰らせてもらおう」と言い、リオンは、オオカミさまに、鞄の中から取り出した小さな包みも手渡し、オオカミさまは、そのプレゼントも断らず、しかし、その場では開封しない。

アキは、かつて、フウカの誕生日にフウカとこころにプレゼントしたのと同じシリーズのペーパーナプキンをみんなに配り、マサムネも、プレゼントだと言って、少年漫画のグッズを山ほど持ってきて、中には、図書カードのようなものもあり、スバルも「これ未使用ってこと? じゃあもらう」と言って、カードに手を伸ばす。

こころは、喜多嶋先生にもらったティーバッグで作った水筒の紅茶を、みんなに分け、アキとフウカが感動する。「また飲みたいな」と言うフウカに、喜多嶋先生にもらったことを話すと、フウカは、「私も行ってみようかな」、「こころの行ってる、そのフリースクール。喜多嶋先生」と言う。

四時を過ぎたころ、マサムネが、相談があるという。マサムネは、三学期から私立中学に転校するように親が手続きを進めているが、城が閉まる三月までは転校したくないため、転校の手続きを止めるために、三学期に一日だけでも学校に行きたいが、一人では無理だから、ハワイ在住のリオン以外の城のみんなに、同じ日に学校に来てほしいと言う。スバルは「教室で待ってるよ」、「何かあったら逃げてくれれば」と言い、アキ、こころ、フウカは保健室に行くことに同意。ウレシノは、二学期に登校して負傷した件があるため、親が反対するかもしれないと言いながらも、「行けたら行く」と答え、こうして、一月十日に、保健室に城の仲間が集結する計画が成立する。

「十二月」の章と結末との関係

マサムネが、こころのフリースクールの先生でもある喜多嶋先生に会ったことを話したとき、興味を示したアキが、「うちにもそのうち来るのかな」と呟き、こころが、「もし喜多嶋先生がアキのところに訪ねてきたら、マサムネみたいに会ってみてほしいな、と思う」という場面は、二度目に読んで、初めて、スリリングに感じるところである。仲間たちの心の支えになっている喜多嶋先生。それが、今、苦境に立たされているアキ自身の十四年後の姿だったということは、「エピローグ」で明かされることである。

こころとの信頼関係が確立している喜多嶋先生と対照的に、学校の担任の伊田先生が、登校している生徒の話を優先的に聞いて、こころにとっての真相を全く理解できていない教師として描かれ、喜多嶋先生と連絡を取り合っていた母親は、こころを信頼し、伊田先生を追い返して「転校」を考えるようになり、こころとの信頼関係が築かれる。

終盤の「三月」の章で、こころに流入したリオンの記憶の中には、リオンが幼かったころのものがあり、その中に、当時中一だった姉の実生（ミオ）の病室の風景もあった。その中には、クリスマスの日の記憶もあり、「今日は、病室に新しいおもちゃが持ち込まれている。クリスマスリースのようなものが窓辺に置かれていて、クリスマスだということがわかる」という記述があり、その新しいおもちゃとは、「ベッドの上に、立派なドールハウスが置かれていた」というそのドールハウスのことかもしれないが、それとは別なのかもしれない。そして、そのクリスマスの日、リオンの姉は、リオンに、「もし、私がいなくなったら――」、「私、神様に頼んで理音のお願いを何かひとつ、叶えてもらうね」と言い、リオンは、姉に、「じゃあ、オレ、姉ちゃんと学校に行きたい」と言う。

「十二月」の章の中のクリスマスパーティーの場面で、リオンがオオカミさまに小さな包みのプレゼントを渡す場面があるが、リオンは、オオカミさまに何をプレゼントしたのだろう？ 何度もドレスを変えて登場しているオオカミさまだから、彼女へのプレゼントはドレスだろうか？しかし、「小さな包み」となると、ドレスだったとしても、ドールハウスの人形用のドレスだろうか？ 「閉城」の章で明かされるように、鏡の城は、リオンの姉がクリスマスにもらったドールハウスがモデルになっているということを考えると、ドールハウスの人形のドレスは、鏡の城では、オオカミさまが着るドレスになるのだろうか？ 「三月」から「閉城」の章にかけて、一度、ボロボロになったオオカミさまのドレスが、鏡の城の最後の日に、新品同様のきれいなものに戻る場面があり、想像をかきたてられる。

オオカミさまがリオンの姉のミオで、リオンがそれに気づいていたこと、また、彼女が、一九九八〜一九九九年の病室からやって来ていたことは、「閉城」の章で判明する。

スバルがマサムネからもらったカードを、スバルはテレホンカードだと思ったようだが、実は、スバルの時代にはなかったＱＵＯカードだったこと、そのため、スバルはカードを使うことができなかったことは、「三月」の章で判明する。

こころが喜多嶋先生からもらったという紅茶を飲んだフウカが「私も行ってみようかな」、「こころの行ってる、そのフリースクール。喜多嶋先生、会ってみたい」と言っているが、フウカが実際に喜多嶋先生に会いに行き、喜多嶋先生からアドバイスをもらって新たな行動を起こせたということは、「三月」の章で明らかになる。

先が見えなかった「九月」までの連載版の重苦しい展開と違って、一七年版に固有の「十一月」以降の展開には、結末に向けての躍動感があるが、「十一月」に、城の中学生のうち、リオン以外は、みな雪科第五中の生徒であることが判明したのを受け、「十二月」の章は、リオン以外の全員が、マサムネを助けるために一月十日に学校に結集するという計画の成立という大きな展開を見せる。

一七年版「一月」の概要

マサムネを助けるために、城の仲間たちが学校に結集するという一月十日の前日、こころは、マサムネに、「私、クラスに、――合わない、女子がいて」、「その子がいるから、絶対に学校行きたくなかったんだけど、マサムネや、みんなが来てくれるなら、安心」と、自分の事情をうちあける。そして一月十日は、いよいよ「決戦」の日。登校時間をずらして、遅れて登校したにもかかわらず、昇降口で同級生の東条萌に会ってしまって驚く。東条萌は、こころの姿を見て驚いた様子だったが、何も言わずに去って行って、こころはショックを受ける。

東条萌の無視で気持ちがしぼみ、誰か助けて、という気持ちで、靴箱に手を伸ばしたこころは、そこに、真田美織からの手紙がはいっているのを見つける。手紙には、真田美織が池田仲太と夏に別れたらしいことが書かれ、真田美織はこころが仲太を好きだと思いこんでいるらしく、「応援したい」などと的外れなことが書かれていて、こころは握りつぶした手紙を手に、マサムネたちに会うために保健室に向かう。

ところが、保健室にいたのは養護の先生だけで、こころがただ一人フルネームを知っていた「嬉野ハルカ」の名を出しても、「一年生に、そんな生徒はいないけど」と言われ、「マサムネくんも――、二年生に、そんな名前の子はいなかったと思うけど」と言われてしまう。こころが泣き出しそうになったとき、保健室に喜多嶋先生が現れてこころの肩を触ってくれた瞬間、緊張の糸が切れたこころは、「喜多嶋先生……」と、か細い声を出し、そのまま床に崩れ落ち、気絶してしまう。

こころが目覚めたとき、保健室には喜多嶋先生と二人だけだった。喜多嶋先生は、こころの母親から連絡を受け、心配して来てくれたのだった。真田美織の手紙を読んで伊田先生とも話してきたという喜多嶋先生は、「――あれは、ない」と、言い切り、「ごめんね」、「私がもっとちゃんと、伊田先生と最初から話しておけばよかった」と言い、こころが東条萌に無視されたことを話して、東条萌が真田美織の味方になってしまったかもしれないという心配を吐露すると、喜多嶋先生は、「真田さんのことを、私たちに教えてくれたのは東条さんなの」、「信じて。東条さんは、こころちゃんを心配している」と言い、泣き止んだこころに「闘わなくても、いいよ」と言う。

養護の先生からの連絡で、仕事場から迎えに来てくれた母親とも一緒に、喜多嶋先生と三人で家に帰ったこころは、城が自分の妄想だったのではないか、妄想が解けたら、鏡はもう光らないのではないかと心配になるが、ひとりで階段を上がり、思い切って自分の部屋のドアを開くと、鏡が光っていた。そして、一階で母親と喜多嶋先生が話している間に、鏡を通って、城に行ってみる。そこには、学校に行ったはずの仲間たちの姿はなかったが、普段は、もっと遅い時間にしか来ないリオンが「サッカーの休憩で抜けてきた」と言って現れ、こころは、城でのできごとが妄想ではなかったことを確認する。こころが、「ここは、何なんだろう」と話すと、リオンは、

「……フェイクだって、気もするんだ」、「〝オオカミさま〟。オレたちを赤ずきんちゃん、って呼ぶ」と言い、こころには、意味がわからない。こころがリオンに、「願いの鍵」が見つかったら、と、話を向けると、リオンは、「姉ちゃんを家に帰してください」という願いを口にし、「――オレが小学校に入った年に、死んだんだ。姉ちゃん、病気で」と話し、「真田美織を消したい」と願っていたこころは、「私はなんて小さいことをずっと願っていたんだろう」と思い、明日ここでみんなに会うために来ることを確認して、家に帰る。

翌日、城に行って、マサムネ以外の全員と会えたこころだが、リオン以外の全員が、なぜか、みな学校に行ったものの、誰にも会えなかったということが判明する。二学期に負傷したウレシノも学校に行ったことがわかり、アキの髪の色は黒に戻っていた。

「一月」の章と結末との関係

城の仲間たちが学校に結集するという一月十日の前日に、こころがマサムネに、「私、クラスに、――合わない、女子がいて」と話す場面で、地の文に、「合わない、という言葉は便利な言葉だ」、「私がされたことはケンカでもいじめでもない」、「大人や他人にいじめだなんて分析や指摘をされた瞬間に悔しくて泣いてしまうような――そういう何かだ」(一七年版三〇〇頁、二一年文庫版では下巻一二一〜一三頁、二二年キミノベル版では下巻一二一頁）とあり、「ケンカ」とか「いじめ」というレッテルを張られておしまいにされることへの強い反発が示される。これは、作者の執筆の姿勢そのものであろう。

真田美織の手紙の内容は、あきれるほど的外れな内容で、こんな真田美織でも、仲間も多く、学級委員もしていて、担任の伊田先生とも親しく話ができる真田美織の言うことが信じられてしまうのだという現実に、こころは絶望的な気持ちになるが、たしかに、これでは何を話しても無駄だという状況に思われる。こころの「恋愛至上主義」という言葉の「誤用」については先述した通りだが、こんな恵まれない環境の中では、言葉の意味を理解するチャンスにも恵まれないだろう。ここは、自分の身に起こったことを自分で説明することが無理だと感じていたこころが、喜多嶋先生に気づいてほしいという希望を抱いていたことが理解できる場面であり、実際、喜多嶋先生や、そして東条萌の働きもあって、こころの身に起こったことを、喜多嶋先生と母親が理解するに至り、事態は大きく進展に向かう。

学校でマサムネたちと会えなかったことで、城でのできごとが自分の妄想で、その妄想が解けたら鏡はもう光らないのではないかと心配になったこころが、自分の部屋のドアを開いたときの記述。「鏡が光っていた」の一文は、ちょうど、頁をめくった直後の一七年版三二六頁の一行目である。まるで、この、かなり感動的な一文が偶数頁の一行目にくるように改行の調整をしたように思えるくらいスリリングで、感動的である。

城で、リオンがこころに、「……フェイクだって、気もするんだ」、「〝オオカミさま〟。オレたちを赤ずきんちゃん、って呼ぶ」と話すが、これは、すでに、リオンが、「閉城」の章で明かされるオオカミさまと城の秘密に気づいているということを示す台詞である。リオンは、城が、リオンの姉、ミオが好きな童話『七ひきの子やぎ』物語に基づいて作ったものだということに気づいていて、それを隠すために、同じくオオカミが登場する『赤ずきん』の名を出しているのだということに気づいている。しかし、リオンのこうした発言は、「十月」の途中までが記された連載版には一切登場せず、城の正体についての設定は連載版時点では確定しておらず、連載終了後に出来上がった設定である可能性が高いように思われる。

一七年版への『七ひきの子やぎ』に関する設定の導入には、連載版の最初から、城の主とも言える少女が、狼の面をつけ、自らを「オオカミさま」と呼ばせて連載開始時から「オオカミさま」と呼ばせていたことが好都合となっている。二つの童話にオオカミが登場するというだけでなく、そもそもグリム版の『赤ずきん』は、赤ずきんがオオカミに食われて終わる古いペロー版の『赤ずきん』の最後に、『七ひきの子やぎ』によく似た結末をつなげたものになっていて、グリム版の両者の間には、もともと密接な関係があるのだ。

一七年版「二月」の概要

学校に行った日から一月中ずっと城に来なかったマサムネも、二月にはいってすぐに城にやってくる。マサムネも、学校に行ったがみんなに会えず、その理由を考えていたという。マサムネは、「オレたちはたぶん、パラレルワールドの住人同士なんだと思う」と、彼なりの結論を話す。みんながぽかんとした顔でマサムネを見ていると、マサムネは、「ここにいる七人分、世界が分岐してるんだ」、「アニメとか、SF小説とか、お前らほとんど見てねえだろ?」と言う。

マサムネの指摘に、城のみんなは、南東京市の同じ地域に住んでいるはずなのに、店が違っていたり、やってくる移動販売車が違ったり、学校のクラスの数が違ったり、始業式の日にちがちがったり、曜日が違ったり、成人の日の日にちが違ったり、いろいろなことが少しずつ違っていることを考えて、そうかもしれないと思う。

マサムネは、「願いの鍵」を見つけた人の世界だけが生き残って、他の世界は消えてしまうのではないかと、この城での鍵探しの意味を推測するが、オオカミさまはそれを否定する。リオンが、自分の部屋のベッドの下についている×印の意味についてオオカミさまに質問し、スバルも、共用スペースのお風呂の湯舟に洗面器があって、それをずらしたら×に見える印みたいのがあったと言い、マサムネも、食堂の台所の戸棚の中にもあると言うが、オオカミさまはその意味には答えず、「私はヒントをすでに出している」、「お前たちの現実が消えることなんてないよ」とだけ答え、リオンが「〝オオカミさま〟の一番好きな童話は？」と質問すると、「私のこの顔を見ればわかるだろう？　〝赤ずきんちゃん〟」と答える。

現実世界の消滅は否定されたが、マサムネのパラレルワールド説については、正しいとも間違いとも言われず、もし、マサムネの推測通り、城の七人の仲間の現実世界が別々で、誰も他の世界に入ることはできないのかもしれないという可能性が残ったことで、アキは、「じゃあ、私が他の世界に逃げ込んだりするのは無理なわけね」と言い、こころも少し残念に思う。

フウカは、「願いの鍵」で、「みんなの世界を一緒にしてください」と願えばいいのではないかと言い、みんなはその可能性に気づくが、鍵自体が見つからない以上、「可能性の話」にしかならないし、願いを叶えることで城での記憶が失われてしまうのには抵抗があった。

アキが、「×印、私もクローゼットの中で見つけた」と話し、こころやフウカの部屋にはないクローゼットがアキの部屋にはあるということが判明し、こころが、「おしゃれなアキちゃんっぽいね」と言うが、アキは「そう？」とクールな様子で、あまり喜んでいるようには見えない。アキは、「願い、叶えてもいいよね？」と、鍵を見つけた場合の話をするが、フウカは、「私は、嫌だけど。ここのこと忘れるの」と言われ、自分の部屋に行ってしまう。

「二月」の章と結末との関係

南東京市の同じ地域に住んでいるはずなのに、いろいろなことが少しずつ違っていることについて、マサムネのパラレルワールド説に、みんな、そうかもしれないと思うが、これらの違いの原因が時間のズレにあることには、まだ、気づかず、マサムネは、「オレたちは、助け会えない」と、落胆する。アキとスバルは、フリースクールの存在自体、聞いたことがない。こころの知っているショッピングモールは「カレオ」だが、マサムネやフウカが知っているショッピングモールは「マルコ」で、そこには、「カレオ」にはない映画館もある。ウレシノが学校に行った一月十日は日曜で、翌日が成人の日で連休だと言ったのに対して、スバルは、「成人の日って十五日でしょ?」と言うのだが。アキとスバルがフリースクールの存在を知らないということは、すでに、「九月」の時点で明らかにになっていたが、曜日のズレなどは、「二月」の会話で始めて明らかになったことである。時間のズレについては、「三月」にこころが気づくまで、誰も気づけない。

こころは、「みんなが雪科第五中の生徒だって知った時、ひとつの学校に、私みたいに学校行ってない子って今こんなにいるの? って、確かにちょっと疑問に思った」、「だけどそれも、世界が違うってことなら納得できる」と言うが、マサムネは、「なんか、そうやって欠席多かったりすると、大人とかは何かこの学年とかクラスに問題があるってすぐ分析しようとするんだろうけど、そんなの、休みたい個人が二人いただけって個別の問題だと思うんだよな。オレ嫌い、そういう世代とか社会背景とかで不登校とかいじめ分析する傾向」と、反論するが（一七年版三五五頁、二一年文庫版では下巻八九〜九〇頁、二二年キミノベル版では下巻七九頁）、これは、「一月」の章でのこころの心情描写の中にある「私がされたことはケンカでもいじめでもない」、「大人や他人にいじめだなんて分析や指摘をされた瞬間に悔しくて泣きてしまうような――そういう何かだ」（一七年版三〇〇頁、二一年文庫版では下巻一二一〜一二三頁、二二年キミノベル版では下巻一二二頁）と同様、「不登校」とか「いじめ」というレッテル張りだけで、個別の事情に目を向けない「分析」に対するマサムネの失望感の反映ということができると同時に、そういうレッテル貼りとは一線を画する小説を書こうとする作者のポリシーでもあるのだろう。

マサムネが、パラレルワールドと世界の消滅について説明するさい、そういう設定のゲームの話をするが、その時、「今超売れてるプロフェッサー・ナガヒサのゲーム」という言葉が出て（一七年版三五七頁二〇行目、二一年文庫版では下巻九二頁一五〜一六行目、二二年キミノベル版では下巻八一頁一六行目）、「ナガヒサ・ロクレン」、「ゲーム会社ユニゾンの天才ディレクター」とも説明しているが（一七年版三五八頁、二一年文庫版では下巻九三頁、二二年キミノベル版では下巻八二頁）、この「プロフェッサー・ナガヒサ」という、マサムネの憧れのゲームクリエーターの名前は、「閉城」の章にまで進むと、特別な意味を持つことになる。

　マサムネの、パラレルワールド説と現実世界消滅説が出たとき、こころは、「全部終わりでも、いいのかもしれない」、「この子たちと外の世界で会える可能性が灯っていた。その小さな明かりのような可能性が、何をしていてもこころを温めて照らしてくれていた」と思う（一七年版三五九頁、二一年文庫版では下巻九五頁、二二年キミノベル版では下巻八四頁）。この失望感は、アキについても同じだろうし、そう考えれば、ここでのこころの心情描写は、「三月」の章でのアキの行動への伏線にもなっているということになるだろう。

「五月」の章の前に、「たとえば、夢見ることがある」で始まり「そんな奇跡が起きないことは、知っている」で終わる見開き二頁分の文章（連載版の最初にもある）が、「二月」の章で、城の仲間たちの現実世界が別々の世界らしいという考えに支配されたとき、再び現れ（一七年版三七〇頁、二一年文庫版では下巻一〇九〜一一一頁、二二年キミノベル版では下巻九七〜九八頁）、最後に、「今回も、起きなかった」という一文が追加されるが、これは、「閉城」の章でのリオンの転校シーンへの伏線になっている。「たとえば、夢見ることがある」で始まり「そんな奇跡が起きないことは、知っている」で終わる文章は、連載版の冒頭にもあるので、リオンの転校シーンは、連載版執筆開始時から想定されていたものだろう。

「十一月」の章のオオカミさまの登場シーンでは、「今日はいつもと違うワンピースドレスを着ていた。一体何着持っているんだろう」（一七年版二四七頁、二一年文庫版では上巻三四四頁、二二年キミノベル版では上巻三〇二頁）と書かれていたが、「二月」の登場シーンでは、「たっぷりとしたフリルのついたドレス姿は、今日もそのままだった」（一七年版三六二頁、二一年文庫版では下巻九九頁、二二年キミノベル版では下巻八七頁）となっていて、この後、「三月」にドレスが変わる場面を強く印象付ける効果がある。

マサムネが、「六月」の「このゲーム機開発した知り合いがいるけど」という発言（一七年版七八頁、二一年文庫版では上巻一〇九頁、二二年キミノベル版では上巻九七頁）を、「二月」に、突然、「嘘」だったと話し、「ごめん」と謝るが（一七年版三七三頁、二一年文庫版では下巻一一五頁、二二年キミノベル版では下巻一〇二頁）、これは、マサムネの、城の仲間を大切に思う気持ちの表れであろう。同じ「嘘」が、学校に行けなくなったきっかけのひとつになっていたことは、「三月」の章で判明する。

リオンの「〝オオカミさま〟の一番好きな童話は?」という質問（一七年版三六七頁、二一年文庫版では下巻一〇六頁、二二年キミノベル版では下巻九四頁）に対するオオカミさまの「私のこの顔を見ればわかるだろう? 〝赤ずきんちゃん〟」という返答（一七年版三六八頁、二一年文庫版では下巻一〇七頁、二二年キミノベル版では下巻九五頁）の中の〝赤ずきんちゃん〟は、童話のタイトルではなく、城に招待されているメンバーへのいつもの呼びかけの言葉であると考えるべきだろう。表記も、『赤ずきんちゃん』ではなく、〝赤ずきんちゃん〟となっていて、引用符に注目したい。たとえば、

「五月」の章の中での東条萌の家にあった絵本の原画についての記述（一七年版二三頁、二一年文庫版では上巻三二頁、二二年キミノベル版では上巻三〇頁）の中の、『赤ずきん』、『七ひきの子やぎ』の引用符との明確な使い分けにも注目すべきである。

リオンは、この城を作ったオオカミさまがリオンの姉であることに気づいており、この城が、姉が好きだったグリム童話の『七ひきの子やぎ』の物語をヒントに作られているということにも気づいている。そのことは、「一月」のこころとの会話（一七年版三三〇頁、二一年文庫版では下巻五四頁、二二年キミノベル版では下巻四九頁）からもわかるが、「二月」のこの時点では、城の中にある×印の位置も判明したため、リオンはその情報から、三月にこころが気づくよりも先に、「願いの部屋」の鍵のありかに気づいたはずだ。リオンには、「〝姉ちゃん〟を、家に帰してください」（一七年版三三一頁、二一年文庫版では下巻五六頁、二二年キミノベル版では下巻五〇頁）という願いがあり、「一月」のこころとの会話の中で話しているが、城が閉まる三月三十日に「願いの鍵で」で願いを叶えようと考えていたようだが、城のその三月三十日は結果的に訪れることはなく、リオンが鍵を使う機会は訪れない。

アキの部屋にクローゼットがあることが判明するが、クローゼットは、アキが隠れる場所だったということが、「三月」の章で判明する。アキの追い詰められていた事情は、やはり、「三月」の章で判明する。一七年版では、特に、「十一月」以降、アキが、特に追い詰められた存在として描かれているが、「十一月」以降というのは連載版では描かれず、結末が決まってから一七年版のために書かれた部分であることを考えれば、方向が定まっていなかった「八月」ごろまでとは違って、「十一月」以降、こうして、一七年版の結末へ向けての準備が着々と進められていることがわかる。

一七年版「三月」の概要

三月一日、前日、「願いを叶える・叶えない」で気まずくなっていたはずのアキとフウカが、一緒にマサムネのゲームを借りてやっていて、こころは驚く。

三学期も終わって、春休みに入る頃、伊田先生が家にやって来たが、あの的外れな真田美織の手紙に「返事、書いてみないか」などと、まるで話にならないことを言うので、こころは、がっかりを通り越して、幻滅する、という感情を抱き、「学校にも来ないし、先生に意見も言わない人間は何を考えてるかわからない、理解しなくていい存在」だと思われているのだと思う。

一方、郵便ポストにはいっていた東条萌からの手紙には、「こころちゃんへ　ごめんね。萌より」とだけ書かれていた。

マサムネは新学期から転校することになったと言い、ウレシノも、海外留学も含めて転校するかもしれないと言う。スバルは、定時制の工業高校への進学が決まり、アキは留年すると言う。

鍵も見つからず、「最後の日、パーティーしようよ」と、フウカが提案し、こころも賛成する。

こころは、喜多嶋先生の奔走の結果、希望すれば隣の学区の中学校に転校することもできることになり、母親も同意していた。また、雪科第五中に残る場合には、真田美織やその仲間と違うクラスにしてもらうように喜多嶋先生が学校と交渉してくれていた。そして、東条萌が、父親の転勤のためにまた転校するという話も聞く。こころが、「担任を伊田先生以外にしてもらうっていうのは……お願いできることですか？」と尋ねると、「お願いしてるよ」と言われ、こころは、「先生、どうか、別の世界でも私の友達を、同じように助けて」、「アキやフウカやウレシノや——、みんなの世界でもみんなの力強い味方になって」と言ってしまいそうになる。そして、「こころは雪科第五中から移ることもできそうだけど、アキは無理だと言っていた。こころのように、第一中や第三中の可能性を考えてくれる人が周りにいなかったということだ。アキはどうなるのだろう」と考える。

そして、お別れパーティー前日の三月二十九日がやってくる。

こころは、明日のパーティーのためにカレオに行くことにしたが、午前中は母親から頼まれた宅配便の受け取りのために出かけられず、午後から自転車で出かけてお菓子やナプキンを買い、家の前まで戻ったところで東条萌に会い、誘われて彼女の家に行く。東条萌の家には、おなかをいっぱいにしたオオカミが寝ている場面を描いた絵本の原画が飾られていて、東条萌は、「『赤ずきん』の絵なのに、赤ずきんちゃんいないんだよね」と言う。

東条萌は、こころに、三学期の最初に話せなかったことを、「ごめんね」と謝り、そのころ真田美織から仲間はずれにされていたため、自分がこころと話をすると、また、こころが何かされるかもしれないと思って話さなかったと言い、ふたりは、真田美織たちの悪口などで盛り上がる。東条萌の「たかが学校」という言葉を、こころは驚く思いで受け止める。

五時を過ぎ、今日は城に行けなかったと思いながら東条萌の家から戻るとき、こころは、自分の部屋から火の玉みたいな光と何かが弾けるような音がするのに気づき、家に飛び込んで部屋にはいると、鏡が割れていて、破片に、リオン、マサムネ、フウカ、スバル、ウレシノの顔が映り、彼らの声が聞こえる。「助けて、こころ」、「アキが、ルールを破った」、「五時を過ぎても、城から帰らなかった。狼に——食われた」、「僕たちも、今からたぶん、食べられる」、「その日、城にいた人間は、みんなで揃って罰を受ける」、「私たちは家に戻っていたのに、また、鏡の中に引きずり込まれた」、「こころ、頼む!」、「〝願いの鍵〟を——」、「見つけて、願いを——」、「アキを——」……。

母親が帰ってきて鏡の破片を片付けられてしまったら、こころは戻れない。残された時間は一時間。一年近くみんなで探して見つからなかったあの鍵を、こころはたった一人で、これから一時間のうちに探し出す。そして、願う。アキを、みんなを救ってください。アキのルール破りをなかったことにしてください。それしかもう、方法がない。

そのとき、玄関のチャイムが鳴り、大きな音を心配した東条萌が訪ねてくる。こころは、鏡が倒れて割れただけだと説明するが、不意に、「赤ずきんじゃない。〝オオカミさま〟は」と言ったリオンの言葉と、ついさっき見た絵本の原画を思い出し、東条萌に、「絵を見せてもらってもいい?」と言う。「あの『赤ずきん』の原画?」と問う東条萌に、こころは、「『七ひきの子やぎ』の原画」と言い、再び、東条萌の家に行き、絵を見て納得し、絵本を貸してもらって家に戻る。借りた絵本を持って、割れた鏡を通って城にはいったこころは、台所に出て、戸棚とその中の×マークを見つける。『七ひきの子やぎ』の中で、四匹目の子やぎが隠れて食われた場所である戸棚の中。そこにある×マークに触れると、こころに、マサムネの記憶がはいってくる。

「オレの友達が、オレの知り合いが」の嘘の自慢話を責められ、「裏切られた」と言われているマサムネ。「公立の学校じゃダメだ」という父親。冬の保健室で「あいつらが、来ないわけない……」と言っているマサムネ。そのマサムネの背中をさすっている喜多嶋先生。

こころは、絵本を確認して、×マークが、『七ひきの子やぎ』で、六匹の子やぎが隠れたものの狼に見つかって食べられてしまった場所であることに気づき、みんなが、その場所に隠れて狼に食われてしまったのだと考える。そして、『七ひきの子やぎ』の中で、狼に見つからないただ一つの場所、七匹目の子やぎが隠れた大時計の中こそ、「願いの鍵」がある場所、自分が目指すべき場所であると気づく。

大時計のある大広間は、食堂からは遠く、狼の雄叫びから逃れて身を隠す場所を探したところに、食堂の暖炉が目にはいる。そして、『七ひきの子やぎ』の中で三匹目の子やぎが隠れた場所である暖炉の中の×マークに触れると、ウレシノの記憶がはいってくる。

一月。マサムネを待って、みんなを待って、立ち尽くすウレシノ。みんなを待っていることを幸せだと感じているウレシノ。そこに、ウレシノの母親ともうひとりの人がやって来て、ウレシノが嬉しそうに、「あ、喜多嶋先生も来てくれたんだ」と言う。そこには、こころの知る喜多嶋先生より、ずっと年を取った喜多嶋先生の姿が。そして、こころは、時間のズレに気づき、確かめるために、みんなの記憶も見せてもらおうとする。

浴槽の洗面器の下にある×マーク。『七ひきの子やぎ』の中で六匹目の子やぎが隠れた場所である洗濯おけ（洗面器）。その下にある×マークに触れると、スバルの記憶がはいってくる。

風呂場で、オキシドールを使って髪を脱色し、「兄ちゃんにやられたって言おう」と考えているスバル。父親のお古のカセットテープを聴くウォークマンを気に入っているスバル。フリースクールもなく、喜多嶋先生もいない自分に比べて、みんな贅沢だなあと考えているスバル。明日は兄ちゃんの友達とつきあわないとまずいかなあと考えているスバル。マサムネからもらったQ

UOカードをテレホンカードだと思って、父親に電話しようとして使おうとしたが使えず、おもちゃのカードなのかと思っているスバル。

狼の雄叫びから逃げて、フウカの部屋に逃げ込んだこころが、『七ひきの子やぎ』の中で一匹目の子やぎが隠れた場所である机の下の×マークに触れると、フウカの記憶がはいってくる。「二〇一九年」のカレンダーのかかる部屋で、十二月のコンクールに向けてピアノの練習をするフウカ。そして、まだ、小学生だったころの古い記憶も。近所の友達の母親に誘われて行ったピアノの無料レッスンで、「才能があります」と言われるフウカの母親。ひとり親で、ガスや電気も止められるような生活の中で、フウカのピアノのために有名な先生のところにも通わせている母親。小学校最後のコンクールでのフウカの挫折。ピアノのために体育も部活もやらず、学校には友達もいないフウカ。鏡の城で仲間ができて嬉しいと思うフウカ。城の仲間に「フウカちゃん」とか「フウカ」と呼ばれて、「自分が『フウカ』でよかったな」と思うフウカ。フリースクール「心の教室」の喜多嶋先生に会いに行くフウカ。今更、勉強にもついていけないと悩むフウカに、「手伝うよ」、「今は、勉強もやろうか」と言う喜多嶋先生。「教えて、くれるんですか?」と、喜ぶフウカ。二月の最終日。ひとりだけだった城の部屋で、ピアノを弾くフウカ。弾き終えたときにはいってきて「フウカ、すごい……」と驚くアキ。コンクールのこと、学校のこと、勉強のこと、お母さんのこと、喜多嶋先生のことをアキに話すフウカ。「私もやろうかな、勉強……」と言うアキ。

「一緒にやろう」と言うフウカ。

リオンの部屋には、『七ひきの子やぎ』の中で二匹目の子やぎが隠れた場所であるベッドの下に×マークがあり、それに触れると、リオンの記憶がはいってくる。

幼いリオンが、小学生の姉、ミオの病室で、ミオに絵本を読んでもらっている。『七ひきの子やぎ』。姉の自作のお話を聞かせてもらうのも楽しみなリオン。クリスマスの日、両親からミオに送られたドールハウスには、豆電球の明かりがついている。「もし、私がいなくなったら」、「私、神様に頼んで理音のお願いを何かひとつ、叶えてもらう」と言うミオ。姉がどうしてそんなことを言うのかわからずに、それでも、「じゃあ、オレ、姉ちゃんと学校行きたい」と言うリオン。壁にかけられた一度も着られたことのないミオの中学の制服。亡くなる数時間前、「理音、——怖がらせちゃって、ごめんね。だけど、楽しかった」というミオ。ミオの死のショックから立ち直れない母親。自分がいても母たちの慰みにはならないのだと考え、母親からの留学の提案を受け入れるリオン。「こころ、頼む！〝願いの鍵〟を探してくれ！」と叫ぶリオン。

リオンの声が途切れ、「お前の願いは」という誰かの声が聞こえたような気がする。女の子の声が答える。「私は大丈夫。だから、どうかあの子と一緒に——」

誰かの記憶の光景に割り込むように「見えてるか？」という声が聞こえ、オオカミさまが姿を現す。城は、いつもより暗く、オオカミさまのドレスの裾が、城の中同様にボロボロだ。「私にもどうにもならない」、「お前たちが食われるのは、本意じゃない」、「後はお前次第だ。アキは、〝願いの部屋〟にいる」というオオカミさま。

長い廊下の最後にあるアキの部屋のドアを開けると、大きなクローゼットの扉が開いている。『七ひきの子やぎ』の中で五匹目の子やぎが隠れた場所である洋服ダンス。その中の×マークに手をかざすと、アキの記憶が流れ込んでくる。

祖母の葬式。別れたアキの実の父親の悪口を言う母親。テレクラで知り合った大学生のアッシくんだけを頼りにしていたのに、彼が葬式に来てくれず、ポケットベルにメッセージを残しても返事がなく、失望するアキ。酒に酔って、アキを追いかけ、迫ってくる義父。いつもクローゼットに隠れて避けていたのに。逃げるアキの手が払った「一九九一年」のカレンダー。義父による性的暴行の危機に瀕したとき、自分の部屋の鏡でなく、近くにあった母親の手鏡が光り、その手鏡を通って、城の大広間に避難できたアキ。手鏡を持って、近くに立っているオオカミさま。「ピンチだったから」。「ありがとう」。手を取り合うふたり。「私――、ここに住んじゃダメかな」と尋ねるアキ。「無理だ」と答えながらも手を握っていてくれるオオカミさま。それを嬉しく思うアキ。制服姿のまま、「ゲームの間」で一人、うずくまるアキ。そこにやって来て、アキの制服を見て驚くこころ。場面が三月に変わり、「母をまともにしてください」、「あいつ（義父）を殺してください」、「バレー部の子たちに、嫌われてない頃の私に戻してください」と、願うアキ。

「その願いが叶わないなら、私はずっと――ここにいる」と決意し、城の部屋のクローゼットの中に隠れて、五時が過ぎるのを待つアキ。「私、一人じゃ生きられない」と思うアキ。狼の雄叫び。開いていくクローゼットの扉。狼の顔と、大きな口。

アキの記憶の場面に続いて、進行形のアキの意識。こころの声。「アキ、生きて！」、「アキ、お願い。私――、未来にいるの。アキの生きた、大人になった、その先にいるの！」、「私たち、時間が――、ズレてるんだよ！」、「パラレルワールドなんかじゃない。私たちは、それぞれ違う時代の、雪科第五中の生徒なんだよ！　同じ世界にいるんだよ！」

大時計を開くこころ。振り子の裏に張り付いている鍵。振り子の奥の鍵穴。「どうか。アキを助けてください。――アキのルール違反を、なかったことにしてください」。

声を限りに叫ぶこころ。「大丈夫だよ、アキ！　私たちは助け合える」、「頑張って、大人になって！　アキ、お願い」

アキを引っ張るこころを、フウカが、スバルが、マサムネが、ウレシノが、そしてリオンがひっぱる。

「お見事だった」と、階段の前に現れるオオカミさま。

「三月」の章と他の章との関係

「三月」の章にはいっても、なお、新たな謎の提示が続き、二月の最終に「願いを叶える・叶えない」で気まずくなっていたはずのアキとフウカが、三月一日に、仲良く、マサムネのゲーム機で遊んでいる。この謎は、次の「閉城」の章で解明される。

連載版では、伊田先生は名前さえ登場しないが、一七年版では、呆れるような存在として、物語の中でそれなりの役割を果たしている。学校では、こころの真実は理解されない。そのことを示すために伊田先生が登場しているかのようである。伊田先生には、学校に通い、自分の意見が言える真田美織のような子どもの言うことしか理解できないのかもしれない。ずっと学校の中にいると、そうなってしまうのかもしれない。そう思わせる存在である。それに対して、一年近く前に転校してきた同級生、東条萌が、こころの理解者である可能性が高まる。

こころの新学期について奔走してくれている喜多嶋先生にこころが感激して、「先生、どうか、別の世界でも、私の友達を、同じように助けて」、「アキやフウカやウレシノや——、みんなの世界でも、これぐらい、みんなの力強い味方になって」と思う場面は、喜多嶋先生へのこころの絶大な信頼を示すものであると同時に、まだ、城の仲間たちのいる世界が、自分のいる世界とは違うパラレルワールドなのだという考えから抜け出せていないことをも示している。さらに、ここで、「アキ」の名が出ているので、二度目以降の読書のさいには、特別な感懐を覚えるところである。喜多嶋先生が、未来のアキ本人であるということは、「エピローグ」で明かされることである。

そして、お別れパーティーの予定の前日、三月二十九日の怒涛の展開が始まる。この日の分の記述だけで、百頁を超えるという、最大の山場の一日。

おとなしいキャラクターの東条萌とこころが意気投合して、真田美織たちの悪口などで盛り上がる場面は痛快である。ただ、「十年後、どっちが上にいると思ってるんだよって」（一七年版四〇八頁、二一年文庫版下巻一六四頁、二二キミノベル版下巻一四三〜一四四頁）という発言はいただけない。上とか下とか、そんな見方をしてほしくないが、何でも「評価」の対象になってしまう中学生の不幸な現実の反映と見るべきなのかもしれない。また、「恋愛とか、目の前のことしか見えてないんだもん」（一七年版四〇八頁、二一年文庫版下巻一六四頁、二二キミノベル版下巻一四三頁）という発言も、「恋愛」という言葉を軽く見すぎている。こころの心情描写の中で、ウレシノに対して「恋愛至上主義」という不当と思われる言葉が使われていることについては、すでに、「六月」の章に関連して言及したが、それと同様に、東条萌のここでの不当と思える発言についても、真田美織のような同級生が支配しているような不幸な環境にいることの反映かもしれないが、ころや東条萌には、「恋愛」を美しく表現した芸術作品や、本当の「芸術至上主義」の名に値する芸術作品に出合う機会があればいいのに、と思わざるを得ない。

少し話が脱線してしまうが、こうまで、こころや東条萌が「恋愛」という言葉を軽んじて、安易で、不当と思われる使い方を繰り返していることは看過できないので、ここで、こころと東条萌に、本当の「恋愛至上主義」を味わうためにおすすめしたい芸術作品の紹介をしておきたい。「恋愛至上主義」というと、たとえば、一九世紀のドイツの作曲家ワーグナーによる楽劇『トリスタンとイゾルデ』をあげたくなる人が多いかもしれないが、『トリスタンとイゾルデ』は、重苦しい雰囲気の場面が続く大作で、熱狂的なファンも多い一方、オペラファンでも敬遠する人が少なくないと思われるいわゆる上級者向けの作品なので、ここでは、これを避けて、一九世紀のフランスの作家、ミュルジェールの連作短編集『ボヘミアン生活の情景』（辻村永樹訳による邦訳タイトルは『ラ・ボエーム』）の中の第一八話『フランシーヌのマフ』を紹介しておこう。

結核で命に限りがあったお針子娘のフランシーヌは、階段で消えてしまったロウソクの火を灯してもらうために立ち寄った部屋で出会った芸術家のジャックへの恋に命を燃やし、医師による入院のすすめを拒否して、最後までジャックと過ごすことを選び、ジャックの死後、自ら入院することになったジャックは、病室で、手放さずに息をひきとり、フランシーヌの死後、自ら入院することになったジャックは、病室で、最後まで、フランシーヌの彫像の制作を続け、完成することなく息絶えるというのが、この物語のあらすじである。

ここに描かれたフランシーヌとジャックの恋愛は、「目先」どころか、むしろ、終局である。そして、この物語を土台にして、一九世紀終盤にイタリアの作曲家、プッチーニの作曲によって作られた美しいオペラ『ラ・ボエーム』は、世界中で愛されている傑作オペラであり、このオペラは、日本での日本語字幕付きの上演もしばしば行われており、こころや東条萌にも見る機会があればいいと思いたくなる作品である。ミュルジェールの連作のうちの多くは、ボエーム（放浪芸術家）であるロドルフと彼の恋人のミミ（本名はリュシル、イタリア名はルチア）や彼らの友人たちが繰り広げる喜劇なのだが、『フランシーヌのマフ』だけは、喜劇ではなく、フランシーヌとジャックの一途な恋の物語になっている。だが、注意深く読めば、フランシーヌとミミを看た医師が同じ人物だったり、ジャックとロドルフが所属している芸術家グループの名が同じであったりと、フランシーヌとジャックの二人が、それぞれ、ミミ、ロドルフと同一人物であることが示唆されている。多分、ミュルジェールは、ミミとロドルフの喜劇としては描ききれなかった真実を、名を変えた番外編で描いたのだろう。オペラの台本作者たち（ジャコーザとイッリカ）もそのように考えていたようであり、オペラの中のミミは、原作のミミとフランシーヌを合わせたような人物になっており、また、オペラの中のロドルフォは、原作のロドルフとジャックを合わせたような人物になっている。そして、原作の邦訳本の解説によれば、作者のミュルジェールには造花工場で働くリュシルという恋人がいて、彼女は、一度はミュルジェールと別れたものの、結核で亡くなる直前に、ミュルジェールのもとに戻ってきたという。

話を戻して、こころの家にやって来た東条萌とこころが別れる場面の最後の一行は、感動的だ。転校で人間関係をリセットできると東条萌が言っていたことを思い出し、「私のことだけはリセットしないで」と心の中で思いつつ、それを、また、心の中で打ち消したこころの思い。「私がその分、覚えている。萌ちゃんと今日、友達だったことを」（一七年版四三〇頁一行目、二一年文庫版では下巻一九三頁一行目、二二年キミノベル版では下巻一七一頁一行目）。連載版の東条由比（ゆい）が一七年版で東条萌に変更されたことの効果は、ここで発揮されている。言葉の響き、そして、漢字一文字の名前。そして、この一行も、「一月」の章の、「鏡が光っていた」（一七年版三二六頁一行目、二一年文庫版では下巻四八頁一二行目、二二年キミノベル版では下巻四三頁七行目）と同じように、一七年版では偶数（右）ページの一行目に置かれている。一七年版では、作者は、これらの印象的な一行を、偶数ページの一行目に置くべく、改行などで調整しているのではないか、と思えてしまう。

そして、いよいよ、絶体絶命のアキを助けるために、こころが城に向かう。

城の中の×マークに触れると、そこで狼に食われた仲間の記憶が、こころにはいって来て、ウレシノの記憶の中の年を取った喜多嶋先生を見たこころは、とうとう、時間のズレに気づく。さらに、フウカの記憶の十二月の記憶の中の「二〇一九年」のカレンダーを見たこころは、自分が過ごしていた二〇〇五年の世界との時間のズレを確信するが、フウカの記憶の中には、鏡の城で仲間ができて嬉しいと思うフウカ気持ちもあった。

ピアノに専念していたために学校に友達がいなかったフウカは、城の仲間に「フウカちゃん」とか「フウカ」と呼ばれて幸福感を感じていたことが判明するが、そこでの、「そのたびに、私、自分が『フウカ』でよかったなって思う」という一行（一七年版四六〇頁一行目、二一年文庫版では下巻二三三頁一三行目、二二年キミノベル版では下巻二一〇頁九行目）は、とても印象的で素晴らしい。連載版のタマミが、一七年版でフウカに変更されたのは、こころから見て未来の少女という設定になったことによる未来的な名前への変更というだけでなく、この一行を最も美しく響かせる名前として選択だったのではないかとさえ思えてしまう。この一行も、一七年版では偶数ページの一行目。感情まで流入してしまうのは反則のようにも感じるが、この一行のためなら、特別に許せてしまうような美しい一行。なお、こころが見たフウカの記憶のうち、「二〇一九年」のカレンダーのことは、こころが「願いの部屋」を空けた後の場面で初めて記されていて、作者は、ぎりぎりまで、読者に、時間のズレの秘密を隠している。

フウカの記憶の中には、喜多嶋先生に初めて会いに行ったときの記憶もあり、今更、勉強にもついていけないと悩むフウカに、「手伝うよ」、「今は、勉強もやろうか」と言う喜多嶋先生と、「教えて、くれるんですか?」と、喜ぶフウカの姿がある。連載版のタマミ(一七年版のフウカ)は、「九月」の段階で、フリースクールについて、「私、たまに行ってるよ」、「(母親に)連れて行ってもらったけど、でも、悪いとこじゃないよ」と発言していたが、一七年版では、「探したら、うちの近くにもあるのかな」と変更されたことが、ここで大きな意味を持ってくる。一七年版のフウカは、こころたちの話を聞いて、自分の意志で喜多嶋先生を訪ね、それによって、悩みを解決する方向を見出している。

さらに、フウカの記憶の中には、二月の最後の日、城で一人で弾いていたピアノを聴いていたアキから、「フウカ、すごい……」と驚かれ、アキにコンクールのこと、学校のこと、勉強のこと、お母さんのこと、喜多嶋先生のことを話す様子も登場し、「私もやろうかな、勉強……」と言うアキに、「一緒にやろう」と言う姿も登場する。そして、これが、城のメンバーのうち、アキとフウカにだけ存在していた二月二十九日のできごとだったということは、「閉城」の章で明かされ、二月二十八日に気まずい別れ方をしたはずの二人が、こころたちにとっての翌日の三月一日に、もう、仲良くなっていたという、こころにとっての謎の答えだったわけだが、二月二十九日生まれの作者らしいアイデアとも言える巧妙なアイデアである。

喜多嶋先生から「勉強もやろう」と励まされるフウカと、アキに「一緒にやろう」と言うフウカ。「エピローグ」で、喜多嶋先生がアキの未来の姿であることが明かされることを思うと、ここも、二度目以降の読書での感動的な場面。そして、フウカが喜多嶋先生を初めて訪ねたときの喜多嶋先生の台詞、「あら？　こんにちは。初めまして、かな？」（一七年版四六〇頁三行目、二一年文庫版では下巻二三四頁一行目、二二年キミノベル版では下巻二一〇頁）の中の「かな？」の部分も感動的。どれも、二度目以降の読書でのみ味わえる感動。

リオンの記憶の中のリオンの姉のミオは、『七ひきの子やぎ』の絵本が気に入っていて、リオンが、オオカミさまの狼面の由来が『七ひきの子やぎ』であることに気づいた理由のひとつが、ここに現れている。だが、この記憶を見たこころも、ミオが「オオカミさま」そのものであるということにまでは気づいている気配はない。気づいていたのは、リオンだけであろう。

リオンの姿が途切れて、割り込んできたのは、ミオの記憶だろうか？　ミオが、神様にお願いする場面。「お前の願いは」という声は、神様のもの？　「私は大丈夫。だから、どうかあの子と一緒に――」という女の子の声は、ミオのものだろうか？　ミオは、リオンの願いを叶えるために、リオンと一緒に通える学校、鏡の城を作って欲しいと神様にお願いしたのだろう。雪科第五中に通えなくなったリオンと、同じように、雪科第五中に通えなくなった中学生を招待したのだろう。一度も学校に通えなかったミオが作った鏡の城は、普通の学校ではなく、ミオの生涯唯一の先生、フリースクール『心の教室』からミオの病室に通ってきてくれた大学生時代の井上晶子先生が作る学校をイメージしたものなのだろう。ミオが、井上晶子（アキの未来の姿、喜多嶋晶子の旧姓時代）

の最初の教え子であったということは、「エピローグ」で明かされる。

ミオの声が聞こえた直後、オオカミさまが現れるが、いつもと違い、城の中同様、ドレスの裾がボロボロ。フリルが破れ、ほつれている。服も狼のお面も汚れている。最後の一着は、城の最終日のためにとってあるのだろうか？　もし、こころが、願いを叶えたら、この日が、城の最終日になるが。実際、こころが願いを叶えた後、再び現れたオオカミさまのドレスが、元通り、新品同様のきれいなものに戻っていたということが、次の「閉城」の章に書かれている。

「私にもどうにもならない」、「お前たちが食われるのは、本意じゃない」、「後はお前次第だ。アキは、〝願いの部屋〟にいる」というオオカミさまは、明らかに、こころによるアキの救出を願っている。アキを「願いの部屋」にかくまってまでいる。すでに、一度、絶体絶命のアキを手鏡で救出したことのあるオオカミさま。「エピローグ」で明かされるミオ（オオカミさま）とアキの関係を知ってから読むと、ここも感動的な場面だ。

大時計を目指すこころは、七匹目の子やぎ。しかし、大時計を開き、願いの部屋からアキを引っ張り出すこころは、母さんやぎ。だから、こころは、ここでは、一人二役。実際、こころは、「隠れた末っ子のいる大時計の蓋をお母さんやぎが開ける場面を思い出した」（一七年版五〇〇頁五行目、二一年文庫版では下巻二八九頁一二～一三行目、二二年キミノベル版では下巻二六〇頁一〇行目）。

一七年版「閉城」の概要

こころたち七人は、自分たちが何年の世界から来たのかを確認し合う。元通り、新品同様のきれいなドレスに戻ったオオカミさまが現れ、「――よく気づいたな。ここが、時間を超越した『城』だって」と言う。閉城の時間が迫り、「忘れ物がないように、したくしろ」と、オオカミさまに言われて、みなが忘れ物の確認をしているとき、スバルが、マサムネに、「僕、なろうか」、「〝ゲーム作る人〟」、「目指せるものができるなら、すごく嬉しい。だから、意地でもそれくらいは覚えたまま、鏡の向こうに帰るよ」、「マサムネは嘘つきじゃない。ゲームを作っている友達が、マサムネにはいるよ」と言い、マサムネは感動する。ウレシノは、フウカに「僕とつきあってください！」と言い、「もしじゃあ、ウレシノのことをどこかで見かけて、運命感じてピンと来たら、私から、声かけるね」と答え、ウレシノも、そして、フウカも嬉しいと思う。七人は、自分たちのフルネームを教え合う。こころは、アキに、「未来で待ってるから」と言って別れる。

長久昴、井上晶子、安西こころ、水守理音、長谷川風歌、嬉野遥、政宗青澄（アース）。

「マサムネ」が、苗字であることが判明する。彼は、青澄（アース）という「キラキラネーム」が恥ずかしくて、苗字を名乗っていたのだった。

みなが、鏡を通って、もとの世界へ帰り、オオカミさまが、「終わった――」と、一人で静かに息をついたとき、「姉ちゃん」と言う声がして、理音が戻ってくる。三月三十日は、理音の姉、水守実生の命日。実生は、最後の一年、一九九八年〜一九九九年の病室からここに来ていた。城は、亡くなった実生が、自分に残った最後の力をありったけ使って、理音のために作ったもの。実生が、両親からもらったドールハウスにそっくりな城。豆電球の明かりを灯すために電気だけは通っていたドールハウスと同様に、電気だけは通じている城。実生が好きだった『七ひきの子やぎ』の物語にヒントがあった鍵探し。「私がいなくなったら、私、神様に頼んで理音のお願いを何かひとつ、叶えてあげるね」と言っていた実生。「じゃあ、オレ、姉ちゃんと一緒に学校に行きたい」と答えた理音、理音たちと同じように、雪科第五中に通う予定だったのに通えなかった実生。七年間隔のみんなの世界の中で、アキとリオンの間だけが十四年空いて、その真ん中にあたる実生の最後の一年。病気になる前の六歳くらいのときの外見を選んで城に来ていた実生。亡くなる前に「怖がらせちゃって、ごめんね」と言った実生の言葉の意味。「最後の一年、姉ちゃん、オレたちと一緒に過ごしてたんだね」という理音。否定もせず、答えないオオカミさま。「本当は日本に帰りたい」という気持ちをきちんと母親に話そうという決意を語る理音。「オレ、覚えていたい。みんなのことと、姉ちゃんのこと」と、自分の願いをオオカミさまに話す理音。「さよなら」と言い、鏡の中に手を伸ばす理音の背後で、オオカミさまの「善処する」という声がする。

二〇〇六年四月七日、雪科第五中学校二年生になったこころが、新学期の始まる日に、登校する。「たかが、学校」と言った東条萌の言葉が心に残っている。「水守」という名札の男子が一人、こころのほうを見ている。こころは、その名前を知っている気がする。そして、「おはよう」と、こころに笑いかける彼。

「閉城」の章と他の章との関係

「閉城」の章で、一度、ボロボロになっていたオオカミさまのドレスが新品同様に戻ったのは、こころが願いを叶え、城の最後の日になることが決まって、オオカミさまが、とっておきの最後の一着に着替えて登場したからだろうか？

二月の最後の日、アキとフウカだけが城に来ていたのは、彼女たちだけに、二月二十九日が存在していたからだということに気づく。

現実の世界では、マサムネより二十九歳年上だったということが判明したスバルが、「ゲーム作る人になる」という決意を表明し、だから、「マサムネは嘘つきではない」と言う。スバルの苗字は、長久（ながひさ）。もしかすると、「二月」の章でマサムネが話していた、マサムネの憧れのゲームクリエーター「プロフェッサー・ナガヒサ」の本名は長久昴なのかもしれない。そんな想像をかきたてられる。

「覚えていたい」というリオンに、「善処する」と答えたオオカミさま。みんなの記憶の大部分は消えても、全部が完全に消えるわけではない。そんな風に、神様にお願いしてくれたのだろうか？

それなら、「ゲーム作る人になる」というスバルの決意も、消えたりしないのかもしれない。こころに強く引っ張られて助けられたアキの記憶も残るのかもしれない。「日本に帰りたい」という気持ちを母親に話すとオオカミさまに語った理音の決意も残るのかもしれない。

そして。四月。雪科第五中に転校して来る理音。「たとえば、夢見る時がある」で始まる冒頭の一説の一部が、再び現れ、「『おはよう』」、「彼がこころに、そう笑いかける」と結ばれる「閉城」の章。

連載開始時には、リオンには、ハワイ在住という設定ではなかったから、少なくとも、ハワイからの転校という結果は、完全には「予定通り」ではなかっただろうが、冒頭（連載版でも同じ）の一説との見事な調和は、これに近いアイデアが当初から選択肢のひとつだったのかもしれないと思わせる。こころには、雪科第五中学校に戻るという選択肢以外にも、いろいろな選択肢があったわけだが、作者がこころを雪科第五中学校に戻すことにしたのは、「閉城」の章のラストのこの場面を描くためだった、と言ってもよいだろう。

城に集められていた中学生たちの現実世界には七年ずつのずれがあったことが判明するが、実際に重要なのは、こころとアキの現実世界の十四年のずれであったことは、「エピローグ」で明らかになる。ここでは、「七ひきの子やぎ」とも関係のありそうな「七年」という年に注目が行くため、読者は、こころとアキの十四年という現実世界のずれに注意を集中させづらく、こころの現実の世界でアキが何歳であるかという想像をする時間を与えていないことにも注目したい。

『シン・エヴァンゲリオン劇場版』でのシンジは、第3村で、鈴原トウジ等のクラスメートの十四年後の姿に出会い、この出会いが、シンジに、生きる意味を見つけるきっかけを与えることになるが、同様に、『かがみの孤城』のアキは、自分にとっての未来の少女であるこころの十四年後の姿に出会い、生きて大人になる道を選択する。だが、その事実の意味を「エピローグ」まで秘密にしようとする『かがみの孤城』の場合、ふたりの現実世界の十四年というずれに読者の注意を集中させないように、「十四年」という時間を前面に出さずに、あくまでも「七年」の倍数のひとつというとらえ方をさせているように見える。

一七年版「エピローグ」の概要

フリースクール「心の教室」のメンバー、喜多嶋晶子が、腕に、強く引っぱられるような、いつもの痛みを感じながら、初めてやってくる中学一年生、安西こころを部屋に迎えながら、なぜか、「とうとう、その時が来た」と思う。

かつて、留年して二度目の中学三年が始まるとき、「勉強がしたい」、「助けをもとめていいのだ」と思うようになった晶子。亡くなった祖母の友達で塾の先生をしていた鮫島百合子先生の世話になり、大学生になったときに鮫島先生が設立したフリースクール「心の教室」の手伝いを始め、病院のケースワーカーの依頼で入院中だった中学三年生、水守実生（ミオ）が亡くなるまでの一年間、実生の病室で週一回の授業をして、意欲、好奇心の塊のような実生との出会いに衝撃を受けた晶子。ケースワーカーの「喜多嶋」という苗字を口にするたび、心強く思えた晶子。「未来で待ってる」と言って、私を助けてくれた子たちがいるという思いを抱く晶子。

アキの胸の中で、「待ってたよ」、「大丈夫だから、大人になって」という声がする。壁にかけられた鏡を振り返ったアキに、一瞬、そこに中学時代の自分が安西こころと一緒に座っていたような気がした。

「エピローグ」と他の章との関係

「閉城」の章で、リオンの願いに答えて、オオカミさまが「善処する」と答えた通り、城での記憶の一部だけでも残ったのだろうか？

アキ（喜多嶋晶子、旧姓＝井上晶子）は、腕に、強く引っぱられるような痛みを、いつも感じ、「未来で待ってる」と言って、私を助けてくれた子たちがいるという思いを抱いている。また、城での体験の記憶からか、留年直後に、「勉強がしたい」、「助けをもとめていいのだ」と思うようになったことが語られる。城で、フウカから喜多嶋先生の話を聞いて、自分も勉強しようかなと思ったこと、フウカに「一緒にやろう」と言われたこと、そのときの気持ちが、城から戻っても残っていたのだろう。

理音の姉の実生が、まだ、大学生だったころのアキの最初の教え子だったということも、ここでようやく明かされる。アキが、実生にとっての、生涯唯一の先生であったことも、ここで明かされる。

これらの魅力的な設定は、連載開始時にはなかったものだろう。時間のズレと喜多嶋先生の正体については、すでに述べたように、連載では、「十月」の前半部の執筆時、連載最終回（『asta*』二〇一四年一〇月号）執筆時に決まった設定であると思われ、オオカミさまとアキの関係については、連載終了後に決まった設定である可能性も考えられる。「十月」の章の中にある、オオカミさまが手鏡でアキを救出する部分は、連載終了後に書かれた部分であり、連載版にはない。

「エピローグ」では、喜多嶋晶子が、いくつかの学校のカウンセラーをしていたことも明かされ、喜多嶋先生が、雪科第五中や近隣の学校に出入りしていたことや、東条萌が喜多嶋先生にこころと真田美織のことを教えたことの背景もはっきりする。

アキは、実生（ミオ）と出会ったことで、「晶子が中学時代に抱えていた事情と、今日の前にいる子たちの抱える事情はそれぞれ違う。一人として同じことはない」（一七年版五五一頁一八～一九頁、二一年文庫版では下巻三六一頁、二一年キミノベル版では下巻三二四頁）という思いを強く感じ、それが、晶子の活動の根底にあることがわかる。

「一月」のこころの心情描写で、「私がされたことはケンカでもいじめでもない、名前がつけられない〝何か〟だった。大人や他人にいじめだなんて分析や指摘をされた瞬間に悔しくて泣いてしまうような――そういう何かだ」（一七年版三〇〇頁三～五行目、二一年文庫版では下巻一二頁一五行目～一三頁二行目、二一年キミノベル版では下巻一一頁九～一一行目）と書かれているが、「目の前にいる子たちの抱える事情はそれぞれ違う。一人として同じことはない」というアキの認識が、こころたちからの信頼につながっていることが示されている。

「閉城」の章まで、大部分は、こころの視点で描かれてきた物語が、「エピローグ」では、晶子の視点で描かれる。しかし、その最後の部分は、「晶子」ではなく、「アキ」と表現されていることも見逃せない。

こうして、連載第一一回執筆時に作者に降臨した「衝撃のラスト」は、それが想定されていなかった連載版を大きく書き換えることで、前半分との矛盾も回避され、一七年版の感動的なエピローグとして文学の歴史に刻まれることになった。しかし、この章で検証してきたのは、このラストのアイデアが、連載第一一回執筆時に決められたものであることと、その決定後に連載終了が決断された作品が、新しいラストとの整合性を担保するために、どのように書き換えられたのか、ということについての検証であり、そもそも、このラストのアイデアが、どのようにして生まれたのか、ということについては、この章では、一切、論じてはいない。そのこと、つまり、このラストのアイデアそのものがどのようにして生まれたのか、その背景については、次の章以降で迫りたい。

第二章

「かがみの孤城」が示した類型化への抵抗

――学校で傷つけられた子どもとフリースクールの時間軸

日本のフリースクール出発点としての一九八五年

『かがみの孤城』二〇一七年版の物語の「閉城」の章で、時間を超越した鏡の城に招待されていた七人の中学生の「現実」の世界の年代が明かされ、七人の中で最も古い時代を生きていた中学生、スバルが生きている現実世界は「一九八五年」（初めて城にやってきたのは一年前の一九八四年）だったが、この一九八五年という年は、日本のフリースクールの出発点となった年と言ってもよい年である。

現実の一九八五年七月二日、筆者は、直前の六月二四日に設立されたばかりのフリースクール、東京シューレを見学させていただいた。塾教師の仕事など、教育関係の活動を始めたばかりの頃だったが、塾関係者のネットワークの会合で、東京シューレ設立の話を創設者の奥地圭子さんから直接聞いて、その活動に感銘を受け、興味を持った筆者は、京浜東北線東十条駅近くの建物の一室でスタートしたばかりのフリースクールを、いち早く見学させていただくことが出来た。奥地さんからの依頼で書いたそのときの「見学記」は、同年九月に発行された「東京シューレ通信」第一号に掲載され、現在も、王子駅近くに引っ越した東京シューレに保管されている。

その「見学記」には、当時は、奥地圭子さんの私塾としてスタートした東京シューレについて、

「学校の管理主義に抗して、自由な学びと交流の場として創られた一種の私塾」と紹介され、「僕自身、全く同じ趣旨で、公立中学の教師を退職して自分の私塾をやっている身であり、学校信仰を崩すための運動の必要性を痛感していただけに、同じ見解を持ち、子どもとかかわることで僕などよりずっと経験の豊富な奥地圭子さんが、小学校の教師を退職されて、この『東京シューレ』の発足に動き出されたことを知った時には、少なからず勇気づけられた。そして発足後間もないこの「塾」の輝きに満ちた子どもたちの笑顔を見て、その思いは一層増し、また奥地先生には及ばずながら、自由の担い手としての私塾人としての自覚を深いものにさせられた」と書いた。

当時は、現在の「不登校」が「登校拒否」と呼ばれていた時代だが、筆者の場合は、「登校拒否」を特別視することに抵抗があり、そう呼ばれる子どもたちの受け皿に特化する塾経営はやらず、結果的には、経営が軌道に乗らず、その後、予備校講師の仕事などが教育活動の中心になっていったのに対して、東京シューレは、やはり、奥地圭子さんが発足させた「登校拒否を考える会」とともに、確実に認知度を増していき、その後、「不登校新聞」なども生み出し、現在では、教育問題に関心のある人の多くが知っている存在になり、マスコミでの登場頻度も多くなっている。しかし、発足当時は小さい私塾にすぎず、フリースクールというものの存在を知っている人は、まだ珍しかっただろうと思われる。その当時は、フリースクールの先生が活躍する小説がベストセラーになる日が来ることなどとても考えられなかったので、二〇一七年に単行本が発行され、翌年のベストセラーとなった『かがみの孤城』の登場には、日本のフリースクールの出発点とも言える一九八五年当時の私塾人の活動を知る者として、特別な感懐を禁じ得ない。

一七年版『かがみの孤城』の中でも、スバルは当然として、後にフリースクールの先生として活躍することになる中学生のアキも、鏡の城に来ていた一九九一〜一九九二年当時には、フリースクールの存在を知らない。実際、当時のフリースクールの認知度は、決して高いものではなかった。物語の中の二〇〇五年の中学生、安西こころの場合は、親に勧められてフリースクールを訪れ、そこで、喜多嶋先生（一九九二年のアキの未来の姿）に出会い、二〇二〇年の中学生、フウカの場合は、こころたちから話を聞いて、自分の意志でフリースクールの喜多嶋先生を訪ねていくわけだが、こうした年代による環境の差は、現実のフリースクールの時間軸に沿ったものになっている。

筆者自身が一九九六年に執筆して一九九九年にホームページで公開し、後に電子出版した創作『何もない遊園地』の第一話「探偵の部屋」には、前記の東京シューレ見学のときの印象を反映させており、その「探偵の部屋」は、ある意味では、一種のフリースクールだと言えるかもしれないし、前記の「東京シューレ通信」第一号に掲載されている筆者の「見学記」の中で紹介した眉村卓作『月光のさす場所』に登場する「裏学校」は、やはり、ある意味では、フリースクールの一形態だろう。しかし、それらは、フリースクールの先生が活躍する物語というわけではない。それに対して『かがみの孤城』は、フリースクールの先生が重要な登場人物として活躍する貴重な小説であり、しかも、その喜多嶋先生は、現代の子どもたちにとって、ある意味で考えられる限り理想的な先生の姿を示しているのではないかとも思われる。

そして、『かがみの孤城』が、学校で傷つけられた中学生、安西こころの心情を丁寧に描写したことは、さらに画期的なことかもしれない。というのは、すでに報道や教育評論の世界などでも、学校以外の学びの場の重要性についてはかなり語られているものの、そうした世界では、必ずしも様々な子どもたちの事情が深く考慮されるということにはならず、類型化され、統計データとして、「不登校」の原因がいくつかの要因に集約され、分析されて語られがちになっている。それに対して、小説『かがみの孤城』では、こうした「分析」ではくみ取れない子どもの心情に寄り添うことを徹底して実行しようとしていて、これは、評論などとは決定的な違いである。

『かがみの孤城』の「一月」の章には、安西こころの心情描写として、「私がされたことはケンカでもいじめでもない。名前がつけられない〝何か〟だった。大人や他人にいじめだなんて分析された瞬間に悔しくて泣いてしまいそうな——そういう何かだ」(一七年版三〇〇頁三〜五行目、二十一年文庫版では下巻一二頁一五行目〜一三頁二行目、二十二年キミノベル版では下巻一二頁九〜一一行目)という記述があり、「エピローグ」では、井上晶子(喜多嶋晶子)の心情描写として、「晶子が中学時代に抱えていた事情と、今日目の前にいる子たちの抱える事情はそれぞれ違う。一人として同じことはない」とも書かれ、この小説は、徹底的に「類型化」に抵抗している。

この章では、この小説のこうした徹底ぶりに注目し、小説だからこそできる子どもの心、特に、主人公である安西こころの心情描写の細部に注目したい。

「分析」したがる大人

東京シューレが設立された一九八五年当時に比べたら、確かに、フリースクールの認知度はかなり上昇し、学校に行かない、あるいは行けない子どもたちの学びの権利についても、理解は進んできたというのは間違いない。『かがみの孤城』の中で、二〇〇五年の中学一年生である安西こころの母親は、こころが学校に行かなくなったときに、すぐにフリースクールに相談していて、そこでの喜多嶋先生との出会いが、こころにとって、大きな救いになっている。また、二〇二六年の中学一年生であるウレシノも、やはり親に勧められてフリースクールに通い始めていて、母親は、学校で傷ついたウレシノのことをかなり心配している。だが、このように、フリースクールの存在や学校に行かない子どもの存在についての認知度が上昇した背景は何だろうか。そこに、マスコミによる、学校が抱える問題や不登校の子どもの増加、そして子どもの自殺に関する報道が大きな役割を果たしているということに、多分、異論はないだろう。

たとえば、平成二六（二〇一四）年度『自殺対策白書』で明らかになった一八歳以下の日別の自殺者数に関する情報。内閣府の集計で、学校の二学期が始まる九月一日の自殺者数が突出していたことは、学校が子どもを追い詰めていることを示唆するものとして大きな注目を集め、これを機に、二学期開始に合わせて、学校だけが学びの場ではないということを、マスコミも積極的に報道するようになった。「いじめ」に関する報道も、多くの人が学校が抱える問題に目を向けるきっかけになっているだろう。

しかし、それが、子どものこころに寄り添うことになるかと言えば、それは、また、別の問題だろう。『かがみの孤城』に登場する中学生たちは、自分たちの問題についての報道などで示される「分析」に対しては非常にクールであり、時に、反発の姿勢さえ見せている。

たとえば、「ひとつの学校に、私みたいに学校に行ってない子って今こんなにいるの?」と疑問に思っていたという安西こころが、マサムネのパラレルワールド説が出た時に、「世界が違うってことなら納得できる」(一七年版三五五頁、二一年文庫版では下巻八九頁、二二年キミノベル版では下巻七八頁)と発言したとき、マサムネが、「何人行ってなくてもオレは別に驚かなねーけど?」と、異議を唱え、「なんか、そうやって欠席多かったりすると、大人とかは何かこの学年とかクラスに問題があるってすぐに分析しようとするんだろうけど。そんなの、休みたい個人が二人いただけっていう個別の問題だと思うんだよな。オレ嫌い、そういう世代とか社会背景とかで不登校とかいじめ分析する傾向」と発言している。

マサムネの発言の中には、親の意見の受け売りの部分も多いが、この「二月」の時点での発言では、はっきり「オレ」という言葉まで使って、自分の意見であることをはっきりさせていて、実際、本心なのだろう。マサムネは、「十二月」の時点では、「無理に通って学校に殺されることないって、親父とかも言ってるよ」（一七年版二六三頁、二一年文庫版では上巻三六五頁、二二年キミノベル版では下巻三二〇頁）と発言し、このときは、親の意見だということをはっきりさせていることと比較すると、明らかな違いが認められる。そして、「十二月」の時点での発言は、「最近の学校問題が壮絶なのは親だって知ってることじゃん。いじめも陰険だし、それで自殺したとかってニュースも定期的にあるだろう?」という言葉に続くものになっていて、親の意見が、マスコミの報道をきっかけに形成されていることをも示唆している。

マサムネは、「六月」の時点で、「義務教育とかっつって、言われた通りに学校行って、教師に威張り散らされるのを何の疑問もなく受け入れてるなんてさ。イケてないの通り越してホラーだよ」（一七年版七七頁、二一年文庫版では上巻一〇六頁、二二年キミノベル版では上巻九五頁）と、学校批判を始めているが、「うち、親が一年の時に担任と盛大にもめちゃってるからさ。あんなレベルが低い学校、行くことないって早々に見切りつけたもん」とも発言していて、彼の意見が、親の影響を強く受けていることを物語っている。さらに、「先生たちだって、教師だっつって偉そうな顔してるけど所詮は人間だしさ。教員の免許は持ってるんだろうけど、もとの頭がオレたちより劣ってる場合だって多々あるわけ」とも発言していて、優劣、上下といったことにこだわっていることがわかる。

また、「九月」の時点で、ウレシノの話がきっかけでフリースクールの話題になったときには、「子どもが学校に行かなくなった、っつって混乱した親がまず最初に駆け込むんだよな。そうう、民間の支援団体のとこに。オレが通ってた学校の近くにもあるけど、うちなんかはドライだから『マサムネはこんなとこ、きっと行かないよね』って一言言われて終わり」と発言していて、マサムネの親が、フリースクールに対しても冷めた目で見ていることがうかがえる。

だが、マサムネは、こころやウレシノからフリースクールの喜多嶋先生の話を聞いて興味を持ち、その後、自分の意志で、喜多嶋先生に会っていて、「十二月」の章では、こころとウレシノに、「フリースクールの先生、お前たちが言ってた人と同じ人だって気づいて。だから会った」(二〇一七年版二六四頁、二〇二一年文庫版では上巻三六六頁、二〇二二年キミノベル版では上巻三二二頁)と、はっきり言っている。そして、「……いい人だよ」というこころに、「ああ」と頷いている。最初は、親と似たり寄ったりのレベルの観念的な話しかできなかったマサムネが、こころたちとの絆をきっかけに自分の意志での積極的な行動に動き出している。彼らの本音は、報道や評論のレベルに留まってはいない。そして、それをくみ取ろうとしているのが、小説『かがみの孤城』なのだと言ってもよいだろう。

マサムネの台詞の引用をしたので、ここで、それに関して、細かいことながらひとこと付け加えておくと、「マサムネ」というのは実は苗字であるということが「閉城」の章で明らかになるので、それを踏まえて考えれば、実際には親がマサムネのことを「マサムネ」と呼ぶはずはない。だから、「マサムネはこんなとこ、きっと行かないよね」という親の台詞の紹介は、マサムネが、ファーストネームを隠すためにアレンジしながら紹介したものだと考えないといけないだろう。「三月」の章あたりの執筆時に作者が「マサムネ」を苗字にすることを思いついたさい、「九月」の章でのマサムネの台詞の中の親の台詞の存在のことを考える余裕がなかったというのが本当のところかもしれないが。

いずれにせよ、マサムネの親の意見はかなり偏っていて、安西こころにとってはいろいろな意見があるのだと知るきっかけにはなっているが、マサムネは、その呪縛から自力で抜け出すことでようやく自分の行動を見出すことができるようになっていったということが、この小説の中でかなりはっきりと描かれている。

マサムネの父親の場合は、「公立の学校じゃダメだ」（一七年版四三二頁、二一年文庫版では下巻一九六頁、二二年キミノベル版では下巻一七四頁）などとも発言していて、学校へのこだわりや、学校との関係の序列意識が強く、マサムネの心に寄り添うという姿勢にはなっていない。

親の認識が報道や評論レベルに留まっているということについては、ウレシノの場合にもある程度当てはまることであり、彼は、「九月」の章で、「――学校に行かなくなってからは、ママにつれられてスクールに行ったり、してた。ママも仕事してるんだけど、午前中だけは休んだりして僕につきあって、家にいたり、スクールにまで一緒についてきたり。正直、うざかった。監視されてるみたいで。別に死なねーよって感じだった」、「なんか、ママたちに言わせると、僕がされたことは『いじめ』で、いじめをされた子はきっと自殺を考えたりとか、自分を責めているだろうからって、勝手にいろんな本読んだりして、心配してるんだよね。死にたいなんて考えるわけないのにバカみたいだった」（一七年版一九七頁、二一年文庫版では上巻二七五頁、二二年キミノベル版では上巻二四二頁）と語っている。

一方、喜多嶋先生の場合は、ミオとの出会いの経験を通して、「晶子が中学時代に抱えていた事情と、今日目の前いる子たちの抱える事情はそれぞれ違う。一人として同じことはない」（一七年版五五一頁、二一年文庫版では下巻三六一頁、二二年キミノベル版では下巻三二四頁）という意識を強く抱いていて、評論や報道レベルに留まらずに、目の前の子どもの心に寄り添おうという姿勢がはっきりしていて、これが、こころやウレシノたちとの信頼関係の土台にあると言ってよいだろう。

評論や報道では、様々な事情をまとめて類型化し、分析して語られることになってしまう問題が、実は、そのような把握の仕方では、子どもの心に寄り添うということにはなっていない。小説『かがみの孤城』は、そうした評論や報道のレベルを超えて、喜多嶋先生が実践しているような子どもの心に寄り添う試みを、小説という形で試みていると言えるだろう。

分析や指摘をされた瞬間に悔しくて泣いてしまいそう

類型化や「分析」に対する抵抗の姿勢は、主人公、安西こころの場合には、さらにはっきりと描かれていて、「一月」の章では、「私がされたことはケンカでもいじめでもない、名前が付けられない〝何か〟だった。大人や他人にいじめだなんて分析や指摘をされた瞬間に悔しくて泣いてしまいそうな——そういう何かだ」（一七年版三〇〇頁、二一年文庫版では下巻一二～一三頁、二二年キミノベル版では下巻一二頁）と書かれている。

「いじめ」というレッテル貼りで済まされてしまうことに対するこころの反発は強く、たとえば、「九月」の章で、ウレシノが「僕、別にいじめに遭ってるとか、そういうわけじゃないから」（一七年版一九五頁、二一年文庫版では上巻二七二頁、二二年キミノベル版では上巻二三九頁）と発言した場面でも、「ウレシノの言うように、こころもまたそれを『いじめ』だなんて考えたことはなかった」（一七年版一九六頁、二一年文庫版では上巻二七三頁、二二年キミノベル版では上巻二四〇頁）という心情描写がある。それどころか、こころの場合には、「いじめ」というレッテル貼りが不安を助長することにもつながっていて、「一月」の章で、こころが久々に登校して靴箱に手を伸ばす場面で、「実を言うと、こころは、自分の靴や席が、落書きだらけになっていることを想像していた。テレビでよく見る〝いじめ〟がそういうものだから。不在の子の椅子や机に、死ねとか、悪口が書き散らしてあったり――するものだから」、「真田美織と自分の間にあったことはいじめでないとどれだけ思っても、実際はそれが怖かった」、「上履きは、落書きされたり、中に画びょうが入っていたり、ということもなかったけれど」とも書かれている。

マサムネの場合には、学校の机に落書きをされた記憶が「三月」の章（一七年版四三一～四三二頁、二一年文庫版では下巻一九五頁、二二年キミノベル版では下巻一七三頁）でこころに読み取られているが、こころの場合とは、また事情が違う。

安西こころと真田美織の間にあったことは、どうやら、こころのことを心配する東条萌が、学校でカウンセラーもしていた喜多嶋先生に話したことで喜多嶋先生が把握し、その情報がこころたちの担任の伊田先生にも伝えられたのだろうが、「十二月」の章で、伊田先生が、それを「ケンカ」と表現したときのこころの反発は、さらに強いものだった。そこには、こころの心情描写として、「背筋にぞわっと鳥肌が立った」、「ケンカ」、「なんて軽い響きだろう。猛烈な違和感で、頭が煮え立つような怒りが込み上げる。気が遠くなりそうになる」、「あれはケンカなんかじゃない」、「ケンカはもっと、お互いに言葉が通じる者同士がすることだ。もっと対等なことだ」、「こころがされたことは、断じてケンカなんかじゃない」と書かれ、こころの怒りがあらわになっている。

学校に通い続けて伊田先生とも話をする真田美織の話は聞いても、学校に行かなくなったこころの話を聞かず、状況を全く理解できていない伊田先生が、「一月」の章で、真田美織にこころ宛の全く的外れな内容の手紙を書かせるに至って、それを知った喜多嶋先生は、こころに、「さっき、伊田先生と話してきたよ。——あれは、ない」、「ごめんね」、「私がもっとちゃんと、伊田先生と最初から話しておけばよかった。嫌な思いをさせて、本当にごめんなさい」(一七年版三二〇頁、二一年文庫版では下巻四〇~四一頁、二二年キミノベル版では下巻三七頁)と、こころに謝っている。

ここでは、「大人である〝先生〟がこんなふうに謝ってくれることがあるなんて知らなかった。いつだって、先生たちみたいな大人は子どもより偉くて、謝ったり、非を認めたりしないものだと思っていた」と書かれているが、その後、こころは、伊田先生からも謝られるんじゃないかと思っていたのに、「三月」の章で、家にやってきた伊田先生がこころに会っても謝るようなこともなく、「すぐに、いつもの〝いい先生〟みたいな顔になって、『こころ、元気か』と聞いた」時点で、「怒るよりも悲しむよりも——呆れるような気持ちになって、こころは先生に会釈だけした」と書かれている(一七年版三八一頁、二一年文庫版では下巻一二六頁、二二年キミノベル版では下巻一一一頁)。さらに、伊田先生について、「先生はただ、『不登校の子の家に行った』という事実を作るために来ただけで、実際こころがどうするかにも興味はないのかもしれない。来たら来たでクラスの問題が減って嬉しいかもしれないけれど、来ないなら来ないで構わない。そんなふうに思っていそうだ」とも書かれている。

こちろん、こころの伊田先生に対する不信感の原因が、伊田先生がこころと真田美織との間にあったことを「ケンカ」と表現したという点だけにあるわけではない。「十二月」の章の中の「ケンカ」発言をこころが知る前の段階で、「喜多嶋先生と伊田先生では決定的に違うことがある」、「伊田先生が来るたび、こころはものすごく緊張する。緊張して、嫌な汗が止まらなくなる」、「この人はこころが逃げてきたあの教室に、今さっきまでいた人だ。そう思うと、伊田先生が来るだけで胸が苦しい。来ないでほしい、と思ってしまう」(一七年版二六七頁、二一年文庫版では上巻三七一頁、二二年キミノベル版では上巻三二五頁)とも書かれていて、もちろん、それが重要なポイントではあるが、伊田先生の「ケンカ」というレベルの認識が、こころの反発を決定的なものにしたことは重要であろう。

伊田先生の的外れな行動を事前に阻止できなかったことを喜多嶋先生がこころに謝っているのに対して、伊田先生は、謝らないだけでなく、「いつもの〝いい先生〟みたいな顔」になって平然としている。伊田先生には、自分の認識が的外れであるという認識さえないのであろう。真田美織の的外れな内容の手紙に「返事書いてみないか」(一七年版三八二頁、二一年文庫版では下巻一一七頁、二二年キミノベル版では下巻一一三頁）とまで言われるに至っては、こころは、「気が遠くなった。がっかりを通り越して、生まれて初めて、誰かに幻滅する、という感覚があった」、「言葉が通じないのは――、子どもだからとか、大人だからとか関係ないのだ」、「あの手紙を読んで、こころは相手に言葉が通じないことを圧倒的に思い知った。だけどそれは、あの子に限ったことじゃない」、「彼らの世界で、悪いのはこころ」、「学校にも来ないし、先生に意見も言わない人間は何を考えているかわからない、理解しなくてもいい存在だから」（一七年版三八三頁、二一年文庫版では下巻一二九頁、二二年キミノベル版では下巻一一四頁）と、伊田先生たちにこころの真実が理解される可能性がないという現実が語られている。

こうした現実の中で、喜多嶋先生だけは、こころの事情を、「ケンカ」だとか「いじめ」などといった類型に当てはめようとはせず、こころに寄り添う姿勢を貫いていて、その姿勢は、こころの母親にも伝わっている。喜多嶋先生は、新学期には真田美織をこころとは別のクラスにするように、カウンセラーとして学校に交渉して認めさせていて、さらに、伊田先生と別のクラスにすることも求めている。こころが希望した場合には転校もできるように準備を進め、さらに、自分がかかわっているフリースクール、『心の教室』に来ることも一つの選択肢だと話している。「学校は、絶対に戻らなきゃいけないところってわけじゃない」、「こころちゃんには選択肢がたくさんあるの」（一七年版三九五頁、二一年文庫版では下巻一四六頁、二二年キミノベル版では下巻一二八頁）と話す喜多嶋先生に、こころは胸がいっぱいになる。そして、喜多嶋先生が、なぜ、こんなに頑張れるのか、その秘密が明かされるのが、小説『かがみの孤城』の「衝撃のラスト」にほかならない。

「だから〝溶け込めなかった〟わけじゃない」

安西こころが学校に行かなくなったきっかけになった事件。ケンカでもいじめでもない事件のことを、こころは、「七月」に、城で、アキとフウカに話している。まだ、フウカとは馴染めていなかった時期だったが、アキが、「ね、女子だけでお茶しない？」と誘ってくれて、城の食堂で、アキが水筒に入れて持ってきた紅茶を飲みながら、こころは初めて、自分の身に起こった重大な事件のことを話した。真田美織は、自分の「彼氏」の池田仲太にこころが気があると思いこんでいるらしく、仲太との間の問題を、こころのせいだと勘違いしていたのだろう。彼女は、仲間を連れてこころの家に押しかけ、叫び声をあげ、扉を叩き、庭にも侵入して窓を開けようとした。こころは、かろうじて、鍵とカーテンに守られた。

こころの話の内容の直後には、こころの心情描写として、「だから、こころは学校に、行かない」、「殺されてしまうかもしれないから」（一七年版一三二頁、二一年文庫版では上巻一八四頁、二二年キミノベル版では上巻一六一頁）と、こころが学校に行かない理由が、はっきりと書かれている。

こころの話の直後には、「話の中で、こころは、だから学校に行けなくなった、ということまでは言わなかった」とも書かれているが、事件のことをアキとフウカに話したわけで、アキの「それは、今も続いている、進行形の問題なの？」という問いかけに、こころが頷いた直後のアキの反応は、こころにとって、大きな瞬間だった。一七年版のアキは、連載版ではアイカという名であるが、この部分の内容は、連載版でも、一七年版でも、ほとんど同じである。ここは、小説『かがみの孤城』の物語展開の原点とも言える部分なので、ここでは、連載版から引用する（一七年版一三三頁、二一年文庫版では上巻一八六頁、二二年キミノベル版では上巻一六三頁に相当する部分）。

「続いてる」と答えた途端、アイカが食堂の椅子から立ち上がり、こころの頭をぐしゃぐしゃに、右手で、かき混ぜるように撫でた。

「え？　え？」

戸惑いながら、乱れた髪のまま、顔を上げる。

「偉い」、と声がした。

目が合うと、透明だったアイカの目がまっすぐ、こころを見ていた。優しく、いたわるように。

「偉い。よく、耐えた」

その言葉を聞いた、瞬間だった。

鼻の奥が、つん、と痛くなる。あれ、と思ううちに思考が止まる。奥歯を慌てて噛みしめたけど、間に合わなかった。

「あ、うん……」

頷くと同時に、俯いたこころの両目から、涙が流れた。

（「asta*」二〇一四年五月号六八頁）

一七年版では、アイカの名前がアキに変わったほか、「透明だった」という文言が削除され、「涙が流れた」が「涙がこぼれた」に変更されているが、基本的な内容は同じである。一七年版のアキは、こころから見ると過去の時代の少女という設定になるため、こころより古い時代の名前に多そうな名前、そして、喜多嶋先生のイメージにも合う名前に変更されたのだろうし、一七年版のアキは、連載版のアイカとは違って、家庭で虐待されるなど、厳しい境遇に置かれている少女として描かれていて、「透明だったアイカの目」という連載版の表現が一七年版で削除されたのは、そういうことに関係しているのかもしれないが、この部分の基本的な内容は、連載版でも一七年版でも同じである。

この場面で、こころは、初めて自分を追い詰めることになったつらい事件の記憶を話せた。そして、受け止めてもらえた。連載版のタマミ（一七年版のフウカ）も、「横からハンカチを差し出してくれる」、「その目の中にも」、「優しい光があった」と書かれている。

行先が定まらず、漂流を続ける物語が進展するとしたら、城でのこの体験を、「現実」の世界を変えるきっかけにつなげるような筋書き以外にはありえないというほど、この部分の進展は大きいものだったが、アキに話せたのと同じように、「現実」の世界で、こころが話せるような相手がいるのかどうかが問題である。それを考えると、「五月」の章の中に書かれていた「スクール」の見学のときの記憶の中に、唯一のヒントを見出すことができる。一七年版の一九頁（二一年文庫版では上巻二六〜二七頁、二一年キミノベル版では上巻二五頁）に相当する部分だが、ここも、連載版のほうから引用してみよう。


お母さんの待つ部屋に入る時、中から、責任者の先生のものらしい、声が聞こえた。

「この辺はやはり、都市開発の影響でマンモス中学が多いですしね。これまでのアットホームな環境から、中学校に入ったことで、急に溶け込めなくなる子は、珍しくないですよ」

深呼吸する。

――傷ついたりする話じゃないんだ、と自分に言い聞かせる。

確かに、中学校に入ったことで、それまで一クラスしかなかった環境がいきなり七クラスに増えて、最初は戸惑った。教室に前からの知り合いがほとんどいなくなった。

でも、違う。

私は、だから〝溶け込めなかった〟わけじゃない。そんな、生ぬるい理由で、行けなくなったわけじゃない。

この人は、私が何をされたか知らないんだ。

こころの横の喜多嶋先生が、特に気まずそうな表情もせず、毅然と「失礼します」と部屋のドアを開ける。向き合って座っていた年配の先生とお母さんが、一斉に自分たちを振り返る。

（「asta*」二〇一三年一一月号一一一頁）


一七年版では、「一クラス」というところが「二クラス」に変更されるなど、微妙な修正が施されているが、この部分も、基本は連載版と同じである。ここで、責任者らしい年配の先生から、こころを、小規模な小学校から大規模な中学校に進学したために「溶け込めなかった」子どもというように、類型に当てはめて済ませてしまうような発言が出たことに、こころは不信感を覚えた。一方、喜多嶋先生はその発言にくみすることはなく「毅然」とした態度であったことが、ここでは、こころにとって、大きな救いになったに違いない。喜多嶋先生は、連載第一回のこの時点から、普通の大人とは違う、こころの味方になりうる存在として描かれていた。

この重要な場面で、「中学校に入ったことで急に溶け込めなくなる子は、珍しくないですよ」

という発言をした「責任者」のような先生は、「心の教室」の創設者の鮫島先生とは別の先生だろう。この部分が書かれたときには、一七年版の「エピローグ」で語られる鮫島先生については、まだ、その存在さえ想定されていなかったはずだ。鮫島先生は喜多嶋晶子の恩人であり、喜多嶋先生が対峙すべき存在ではないので、ここでの問題発言の主は、別の年配の先生だと考えるべきだろう。このときの「責任者みたいな先生」の発言が、いかにこころの強い反発につながっていたかということは、この発言が、一七年版の「十一月」の章で回想されていることからもわかる。そこでは、「聞いた時は反発しか覚えなかった。私をそんなふうに簡単に『溶け込めなくなる子』に分類しないでほしいと思っていた」(一七年版二四一頁、二一年文庫版では上巻三三六頁、二二年キミノベル版では上巻二九五頁)と回想されている。そして、出会ったばかりの喜多嶋先生が、この発言に、「毅然と」と対峙してくれたのだ。

城でのアイカ(連載版のアキに相当)と同じように、「現実」の世界の大人で、最初にこころの身に起こったことを理解できる人物の候補は、喜多嶋先生以外には見当たらない。結果的に連載最終回となる連載第一一回に描かれた「九月」の終わりのほうの部分で、作者は、それまでと明らかに違った展開を考えたことを示す一文を記している。喜多嶋先生がこころの家を訪れ、「私が好きな紅茶なの」と言って、こころに紅茶をプレゼントして帰る場面。話が弾まなかったにもかかわらず、こころは特別な思いを抱く場面。「こころは、自分が何だか、喜多嶋先生に妙に親しみを覚えていることに気づいた」、「誰かに似ている気がする、とふっと思う。喜多嶋先生くらい年上の知り合いなんて、ほとんどいないにもかかわらず」(「asta*」二〇一四年五月号七〇頁)という記述。

一七年版と違って、連載版では、喜多嶋先生の「学校に行けないのは、絶対こころちゃんのせいじゃないです」という、こころの母親への発言も、「だって、こころちゃんは毎日闘ってるでしょう?」というこころへの言葉もないため、連載版では唐突な感じさえする「親しみを覚える」、「誰かに似ている」という表現は、一七年版にもそのまま引き継がれていて、一七年版では、「だって、こころちゃんは毎日闘ってるでしょう?」(一七年版二一一頁、二一年文庫版では上巻二九四頁、二二年キミノベル版では上巻二五八頁)などを追加することで、こころの喜多嶋先生への信頼感は、一気に高まっている。

そして、連載第一一回に、喜多嶋先生からこころへの紅茶のプレゼントシーンに続いて、「親しみを覚える」、「誰かに似ている」と書き込まれた時に、この物語の重大な転換が決まったと考えるのが自然であろう。つまり、アキ(連載版のアイカ)は喜多嶋先生の過去の姿であり、こころは、中学生時代の喜多嶋先生に、時間を超越した鏡の城で出会っているのだ。この新たな設定は、漂流していたこの物語を進展させる唯一の道であり、この新しい設定のためなら、物語の全面的な書き換えも辞さない。作者のその覚悟が、結果的に連載をこの回(第一一回)で終了して、最初から書き換えるという決断につながり、さらに連載の最後に、オオカミさまの追加発言で、城のルールに追加項目を加えるという重要な一手を打っている。「鍵を使って〝願いの部屋〟で願いを叶えた時点で、お前たちは記憶を失う」（「asta*」二〇一四年五月号七六頁）と。連載の最後の二行は、次の通りである。

「すまんすまん、言うのを忘れてて」
ごく軽い調子で、彼女が言った。

（「asta*」二〇一四年五月号七六頁）

一七年版の「十月」の章に引き継がれているこの二行（一七年版三二四頁、二一年文庫版では上巻三一三頁、二二年キミノベル版では上巻二七五頁）だが、唐突とも言えるこのルールの追加がなければ、新たな設定のもとでは、喜多嶋先生が、「スクール」でこころと出会う前に、こころの身に起きたことを知っていることになってしまい、物語が破綻してしまうため、このルールの追加は、新しい設定を採用する以上、不可欠なものである。

こうして、時間のズレの設定を取り入れた新しい物語が始まることになるわけだが、まだ、連載終了の時点では、こころによるアキの救出というクライマックスまでは完成していたというわけではないだろう。連載版では、その最終回にさえ『七ひきの子やぎ』のアイデアの痕跡も見当たらない。一年間という連載期間に対して、ここから大改造を経て単行本が出版されるまでには、約二年間かかっている。

連載最終回で、喜多嶋先生がこころに紅茶のティーバッグのプレゼントを渡し、こころが喜多嶋先生に対して「親しみを覚える」、「誰かに似ている」と感じる場面の直前には、「また、来てもいいかな」と言う喜多嶋先生に対して、こころの印象として、「こころと会話が弾まなくても、仕事だから、そう言わなきゃいけないのかもしれない」ということまで書かれていて、喜多嶋先生とアキに関する一七年版の設定が考慮されているとは思えない。あのアイデアは、この直後に、喜多嶋先生が紅茶のテーバックの包みをこころに渡すシーンで初めて作者が決めたのではないだろうか。

紅茶。もちろん、「七月」にアイカ（一七年版のアキ）がお茶に誘ってくれて、入れてくれた紅茶からの連想。そのときにこころが初めて苦しい記憶を話すことが出来たことからの連想。こころの大切な友達、アイカ（一七年版のアキ）が好きな紅茶。そして、一七年版では、「こころと会話が弾まなくても、仕事だから、そう言わなきゃいけないのかもしれない」という言葉は削除されて、代わりに、「だって、こころちゃんは毎日闘ってるでしょう?」という喜多嶋先生の言葉にこころが感激する。そして、「九月」に喜多嶋先生からもらった紅茶を、こころは、「十二月」

のクリスマスパーティーに持っていき、そこで、その紅茶の味に、フウカや、そしてアキが感激する。未来の自分からの贈り物に。

連載版の「九月」の喜多嶋先生からの紅茶のプレゼントの前は、物語は、行先を見出せない漂流船のようだったのに、その後の展開、つまり一七年版の「十月」の章からの展開の迫力は凄まじい。城に招待されていた全員が雪科第五中に通うはずだった中学生だったという事実の判明、一月十日の「決戦」の計画、マサムネのパラレルワールド説、等々。また、一七年版には、連載版には存在していなかった伊田先生という新キャラクターが登場し、この伊田先生の登場のおかげで、こころの大人への反発、不信感の向かう先が確定し、その爆発ぶりも物語の序盤とはまるで様相が違ってきている。

物語の序盤では、こころの考えは、決して一点に収束することなく、漂流を続けている。学校に行かないのは「殺されないため」であるとは言え、それでいいのかと、悩んでいる。

物語の序盤から、「世の中で決まっているルールには、全部、そうした方がいい理由がきちんとある」、「朝はカーテンを開けなさい、だとか」、「学校には、子どもはみんな行かなければならない、だとか」（一七年版一二頁、二一年文庫版では上巻一七頁、二二年キミノベル版では上巻一七頁）等々。そして、フリースクール、『心の教室』が、自分と同じ名前であることにさえ、「なんだか申し訳なかった」、「お母さんは、ここに自分をつれてくるために娘にこの名前をつけたわけじゃないのに。思ったら、胸がぎゅっと傷んだ」（一七年版一五頁、二一年文庫版では上巻二一頁、二二年キミノベル版では上巻二二頁）とか、「主婦の人が街頭インタビューされていて『子どもが学校に行ってる間に』と何気なく一言告げるだけで、学校に行けてない自分はダメなやつだと非難されてい る気持ちになる」（一七年版二〇頁、二一年文庫版では上巻二八頁、二二年キミノベル版では上巻二六頁）とも書かれていて、こんな調子で、強いストレスを感じながら、おなかが痛くなっている。

真田美織によるこころへの不当な攻撃の記憶は、城でのこころの心理状態にも影を落としている。

たとえば、「七月」に、ウレシノがアキからこころに乗り換えようとしたとき、そのこと自体が、こころにとってストレスになったばかりでなく、そのときのフウカの反応が、こころをさらに委縮させてしまっている。

「ばっかみたい」というフウカの声に、こころは、「心臓が、ドキリとする」（一七年版一〇五頁、二一年文庫版上巻一四六頁、二二年キミノベル版上巻一二八頁）。さらに、「ああいう、モテなそうな男子に限ってクラスで一番かわいい子のこととか身の程知らずに好きになるんだよね」というフウカの言葉に対して、こころは、「気をつけていたはずなのに」、「それなのに、どうしてこんなことになってしまったんだろう」と、落ち込んでいる。

真田美織からの不当な攻撃は、彼女の「彼氏」の池田仲太とこころの仲がよいのではないかと真田美織が思いこんでいることに起因していて、池田仲太など全然関係ないこころにとっては、全くの誤解を解くすべもなく、こころは、男子と話しているところを他の女子に見られることがないように「気をつけるように」していたというわけだ。だから、フウカに、ウレシノとの仲を誤解されたのではないかと思ったこころにとっては、それが、また、大きなストレスになってしまったのだ。そして、「もう限界かもしれない。私はここでも、うまくやれないのかもしれない」（一七年版一〇七頁、二一年文庫版では上巻一四九頁、二二年キミノベル版では上巻一三一頁）とまで思い詰めている。そして、そんなときに、こころとフウカをお茶に誘ってくれたのがアキであり、アキのこの行動は、こころにとってのみならず、この物語のこの後の展開にとっても重要なポイントになっている。

家では、「九月」になっても、たとえば、東条さん（連載版では東条由比、一七年版では東条萌）がポストに入れる学校からの連絡について、「ポストに入っていたお便りを見れば、お母さんだって、子どもが学校に行っていないことを思い出すことになる。だから、こころは、お母さんが帰ってくる前に、自分でポストの中を確認する」（一七年版二〇六頁、二一年文庫版では上巻二八八頁、二二年キミノベル版では上巻二五三頁）とあり、お母さんに申し訳ないと気持ちも重圧になっていて、依然として先の見えない状況が続いている。

しかし、この漂流ぶりは、レッテル貼りでわかったつもりになって、実はなにもわかっていない大人への反発の表現でもあるという意味で、作者の意図通りなのかもしれない。そして、あえて、物語を漂流させるために、結末を決めずに書き始めたことも、この作品に関しては、作者のポリシーを考えた上での重要な方針だったのかもしれない。そして、連載版の「九月」のところまで充分に漂流した分だけ、一七年版の「十月」以降の疾走感は強力だ。

「お願い。私――、未来にいるの」

城で、こころをお茶に誘ってくれたアキ（連載版での名はアイカ）。真田美織に家に押しかけられた事件の話を聞いてくれたアキ。「偉い。よく、耐えた」と言い、「優しくいたわるように」こころを見つめ、頭を撫でてくれたアキ。

現実の世界で漂流を続けるこころに光を見出すことが出来るとしたら？　現実の世界でも、こころがアキに出会うことができれば？　そのためには、二人を同じ世界の住人にしなくてはいけない。こころがアキに、会いに来てほしいと願うしかない。しかし、慎重で遠慮深い性格のこころがアキにお願いをするなど……、少なくとも、一方的なお願いなどできるはずがない。でも、もし、アキが危機に陥って、こころがアキを助けるという筋書きなら……。

こうして、一七年版のアキは、家庭で深刻な虐待を受けて追い詰められている少女として登場することになる。

「十月」前半のオオカミさまによる城のルールの追加場面までで終了となった連載版の後、約二年の時を経て一七年版として復活した新しい『かがみの孤城』の「十月」後半では、制服姿のまま、城の「ゲームの間」で、青ざめた顔で膝を抱えて蹲っているアキの姿をこころが発見することになる。

「七月」に、こころがアキとフウカ（連載版ではアイカとタマミ）に、真田美織に家に押しかけられた事件の話をした場面、こころの頭を撫でながら「偉い。よく、耐えた」と話すアキの描写の場面、連載版では、「目が合うと、透明だったアイカの目がまっすぐ、こころを見ていた。優しくいたわるように」となっていたのが、一七年版では、「目が合うと、アキの目がまっすぐ、こころを見ていた。優しく、いたわるように」と変わり、「透明だった」という表現が消えた。しかし、「まっすぐ、こころを見ていた。優しくいたわるように」という表現は、一七年版でも変わることはなく、感激して涙を流すこころに、横からハンカチを差し出すフウカの描写の中にも、「その目の中にもまた、アキの目にあるのと同じ、優しい光があった」という表現も、連載版から引き継がれている。

現実の世界では会えないと思っていたこころとアキ。

しかし、「三月」、絶体絶命のアキに、こころが叫ぶ。「大丈夫だよ、アキ！」、「私たちは助け合える！」、「会えるよ！」、「アキ、お願い。私――、未来にいるの。アキの生きた、大人になった、その先にいるの！」（一七年版四九三頁、二一年文庫版では下巻二九〇頁、二二年キミノベル版では下巻二六一頁）と。「私たち、時間が――、年がズレてるんだよ！」、「パラレルワールドなんかじゃない。私たちは、それぞれ違う時代の、雪科第五中の生徒なんだよ！　同じ世界にいるんだよ！」と。

決死の覚悟でアキの救出のために城にはいったこころは、最後に、とうとう、ここまで気づくことが出来た。アキが生きて大人になってくれれば、いつか、自分たちは会うことが出来ると。そして、叫んだ。願った。決して、「生きろ！」などという説教ではなく、「生きて！」と願った。「大丈夫だよ」と叫んだ。そして、アキが、その願いに答えた。そして、城で別れるとき、こころはアキに、「未来で待ってるから」と言い、アキは、「うん」と頷いた。

こころが母親に連れられて初めてフリースクール「心の教室」を訪ねて喜多嶋先生に会ったとき、喜多嶋先生が「安西こころさんは、雪科第五中学校の生徒さんなのね」と話し、こころが「はい」と答えているが、その後、「私もよ」、「はい」までで、一七年版では、「それ以降、会話が途切れた」と書かれている（一七年版一六頁）。「エピローグ」では「私もよ」の後、「私も、雪科第五中の生徒だったの」というアキの台詞が続いていたことが記されており、その台詞の存在等への配慮のためか二一年文庫版の上巻二二頁では「はい」の後の「それ以降、会話が途切れた」の一文が削除されていて、喜多嶋先生でさえこころと最初から馴染めたわけではないことを示す連載版の名残が消されているが（二一年キミノベル版も二一年文庫版と同じ、連載版では「それ以上、会話は続かなかった」となっていた部分）。このとき、緊張していたのは、こころだけではなかった。喜多嶋先生も緊張していたのだ。にもかかわらず、喜多嶋先生は、こころを案内し、「中学校に入ったことで急に溶け込めなくなる子は、珍しくないですよ」という、こころにとっては心外なことをこころの母親に話す別の先生の話し声に対して、「毅然と『失礼します』とドアを開ける」ことで、こころに寄り添う姿勢を見せた。「そんな、生ぬるい理由で、行けなくなったわけじゃない」、「この人は、私が何をされたか知らないんだ」（一七年版一九頁、二一年文庫版では上巻二七頁、二二年キミノベル版では上巻二五頁）というこころの気持ちを察したかのように、年配の先生に対峙して、こころの味方になった。

こころの信頼の最初のポイントになる喜多嶋先生の行動。緊張していたにもかかわらず、喜多嶋先生が、この行動をとることができたのはなぜか？　その答えが明かされているのが、小説『かがみの孤城』のラストシーンだ。「私も、雪科第五中の生徒だったの」という言葉の後、「はい」という現実の声とは別に、喜多嶋晶子の胸の中で、「待ってたよ」というこころの声が聞こえていた（一七年版五五四頁、二一年文庫版では下巻三六四頁、二二年キミノベル版では下巻三二七頁）。そして、「大丈夫」、「大丈夫だから大人になって」という、かつてのこころから晶子への声を、晶子が、胸の中で、こころに投げ返していた。一七年版の晶子は、このとき、こころに励まされて、「毅然」とした態度をとることができたのだ。

連載開始時には結末が決まっていなかったおかげで、前半のアキは、快活で、リーダー的な存在として、こころにとっての頼れる先輩のような友達になることが出来た。そして、そのために、漂流していた物語が新たな進路を見出し、「衝撃のラスト」へ向かって進んで行くことになる。

アキを救出するために城にはいったとき、こころには、まだ、アキを助けられるという確信はなかった。まだ、時間のズレに気づいていなかった。アキとこころは、現実には、別の世界の住人で、だから、現実の世界で会うことはできないと思っていた。

こころが、喜多嶋先生に助けられて、真田美織と別のクラスにしてもらえることになったばかりか、別の中学への転校もできることになったのに、アキの今後に見通しが立っていないことを、こころは心配しながらも、どうすることもできなかった。心の中で、喜多嶋先生に、「先生、どうか、別の世界でも私の友達を、同じように助けて」（一七年版三九七頁、二一年文庫版では下巻一四九頁、二二年キミノベル版では下巻一三〇頁）と言ってしまいそうだったが、それは無理なことだと思っていた。「こころは雪科第五中から移ることもできそうだけど、アキは無理だと言っていた。こころのように、第一中や第三中の可能性を考えてくれる人が周りにいなかったということだ。アキはどうなるのだろう」（一七年版三九八頁、二一年文庫版では下巻一四九～一五〇頁、二二年キミノベル版では下巻一三一頁）と、心配していた。マサムネが、喜多嶋先生が訪ねてきた話をし、こころとウレシノの先生と同じ人だと気づいたから会ったと言っていたとき、アキが興味を示し、「うちにもそのうち来るのかな」（一七年版二六四頁、二一年文庫版では上巻三六七頁、二二年キミノベル版では上巻三二一頁）と呟き、こころは、「喜多嶋先生がアキのところに訪ねてきたら、マサムネみたいに会ってほしいな」（一七年版二六五頁、二一年文庫版では上巻三六八頁、二二年キミノベル版では上巻三二三頁）と思ったのに、その後も、アキのところには、喜多嶋先生はやって来なかった。だから、アキの世界には、喜多嶋先生はいないのだと、こころは思っていただろう。そして、アキ自身も気づけなかった（連載版の「八月」までは、作者も気づいていなかった）。実際には、二人の世界は同じだったのに。時間がズレていただけだったのに。アキが中学生だったころには、喜多嶋晶子先生は……まだ、中学生だったというだけのことなのに。

第三章

「かがみの孤城」と「魔法少女まどか☆マギカ」
——因果律と現実世界の相対化

パラレルワールドの可能性

第一章と第二章では、『かがみの孤城』一七年版の「衝撃のラスト」の成立背景について、二〇一三年〜二〇一四年の連載版の中に、その背景を探ってきたが、同時代の別の文学・芸術作品に目を向けることにも意味はあるだろう。

特に、『かがみの孤城』一七年版の「三月」の章で、マサムネがパラレルワールド説を披露したとき、仲間たちがすぐに理解できなかったことに対して、マサムネが、「アニメとか、ＳＦ小説とか、お前らほとんど見てねえだろう？」、「ＳＦの世界だと、ドメジャー級の常識に近い考え方だぞ。パラレルワールド」（一七年版三四三頁、二一年文庫版では下巻七二頁、二二年キミノベル版では下巻六四〜六五頁）と発言しており、パラレルワールド（平行世界）が登場するＳＦアニメ作品のうち、このマサムネの発言が出た二〇一三年ごろに特に人気が出たアニメシリーズ『魔法少女まどか☆マギカ』については、『かがみの孤城』との比較という観点で、どうしても取り上げておきたい。

そこで、この章では、アニメシリーズ『魔法少女まどか☆マギカ』のストーリーを概観し、これとの比較という観点で『かがみの孤城』の特徴を見ていきたい。

アニメシリーズ『魔法少女まどか☆マギカ』は、まず、二〇一一年にテレビシリーズ全十二話が放送され、翌二〇一二年に、テレビシリーズの内容を圧縮して映画二本にまとめて『劇場版　魔法少女まどか☆マギカ〔前編〕始まりの物語』と『劇場版　魔法少女まどか☆マギカ〔後編〕永遠の物語』が公開、そして、二〇一三年に、『劇場版　魔法少女まどか☆マギカ〔新編〕叛逆の物語』が公開されているが、ここでは、この『劇場版　魔法少女まどか☆マギカ』三作品（総監督＝新房昭之、脚本＝虚淵玄、キャラクター原案＝蒼樹うめ、アニメーション制作＝シャフト）を取り上げる（『劇場版　魔法少女まどか☆マギカ〔新編〕叛逆の物語』については、さらなる続編『ワルプルギスの廻天』が制作されるとのこと、二〇二一年四月に発表されている）。

『劇場版　魔法少女まどか☆マギカ〔前編〕始まりの物語』のあらすじ

見滝原中学校二年生の鹿目（かなめ）まどかのクラスに暁美（あけみ）ほむらという少女が転校してきて、まどかに、「あなたは、鹿目まどかのままでいればいい。今まで通りに、これからも」と、謎の忠告をする。そして、その日の放課後、まどかと友人の美樹さやかは、改装中の無人空間で「キュゥべえ」という謎の小動物に出合うが、魔法少女スタイルのほむらが現れて、キュゥべえとまどかの接触を妨害しようとする。まどかとさやかは、キュゥべえを連れてほむらから逃げるが、異様な空間に飲み込まれる。それは、魔女の結界だった。そこに、魔法少女で、見滝原中学校の三年生の巴マミが現れて魔女を倒し、まどかたちを助ける。キュゥべえは、まどかとさやかに、「君たちの願い事を、なんでもひとつ叶えてあげる」と言い、その代わりに、「僕と契約して、魔法少女になってほしいんだ」ともちかける。

　さやかは、想いを寄せている幼馴染みの上条恭介の事故による手の大けがを治したいという願いを叶えるために魔法少女になり、魔女に取りつかれて死の危機に瀕していた友人の志筑仁美と彼女を助けようとして危機に陥ったまどかを助けるという働きをする。ところが、巴マミが魔女に食い殺されてしまい、そんなときに隣町から佐倉杏子という魔法少女がやって来て、ほむらは、まもなくやってくるという「ワルプルギスの夜」という強大な魔女を倒すために杏子との共闘関係を結ぶ。しかし、魔法を他人のために使うべきではないと主張する杏子は、さやかと対立し、そこから生じた争いを止めるためにさやかのソウルジェム、すなわち、魔法少女の力の源とされている宝石を放り投げたまどかの行動により、さやかも杏子も知らなかった魔法少女の秘密が明らかになる。彼女たちの魂は、ソウルジェムの中に収められていて、それから離れたら動くこともできず、身体は、すでに死人と変わらなくなっていたのだ。

　こんな身体になってしまっては恭介に告白などできないと悩むさやかは、自分が助けた仁美から恭介への想い知らされ、恭介に告白すると予告され、「あのとき仁美を助けなければって……

ほんの一瞬だけ、思っちゃった……正義の味方、失格だよ」と、まどかに泣きながら話す。かつて、教会でみんなが父親の話を聞いてくれますようにという願いを叶えるために魔法少女になった杏子は、それを知って激怒した父親が杏子以外の家族を道連れに無理心中してしまうという経験から、他人のために魔法を使うべきでないと考えるようになったのだったが、さやかの一途な姿に、かつての希望に満ちた自分を思い出し、さやかとの絆を深めていく。

しかし、挫折感から自暴自棄になって魔女との無謀な戦いを繰り返すさやかは、消耗が速く、まどかは、彼女を助けるために魔法少女になろうと考えるが、ほむらが、まどかに接触するキュゥべえに時間停止の魔法を使って攻撃して妨害し、キュゥべえを、「インキュベーター」という本当の名で呼ぶ。ほむらはキュゥべえにも正体のわからない魔法少女で、キュゥべえは、ほむらのことを、杏子に「イレギュラー」と表現する。やがてさやかは限界に達し、希望が絶望に変わったとき、彼女のソウルジェムは、杏子の見ている前で、グリーフシードという魔女の卵に変身し、巨大な魔女となってしまう。魔女とは、魔法少女の行きつく果ての姿だったのだ（劇場版〔前編〕の内容は、テレビシリーズ第一話~第八話の内容に相当）。

『劇場版　魔法少女まどか☆マギカ〔後編〕永遠の物語』のあらすじ

親友のさやかを失って悲しむまどかの前に現れたキュゥべえは、自分たちインキュベーターの正体を説明する。地球外生命体である彼らは、少女の希望が絶望に変化し、魔法少女から魔女に変化するときに発生する膨大なエネルギーを回収するのが役目で、人類の文明も、彼らの働きなしにはあり得なかっただろうという。そして、まどかは、さらに深い悲しみに沈む。杏子は、魔女になってしまったさやかを元に戻せないかと考え、さやかの親友だったまどかを連れて、さやかだった魔女と対決する。まどかの声を聴かせることで、魔女となったさやかに、かつての自分を思い出して欲しいと考えたのだ。だが、杏子の望みは叶わず、杏子は、さやかだった魔女に、「独りぼっちは、寂しいもんな……いいよ。一緒にいてやるよ。さやか……」と言い、自らのソウルジェムに槍を突き立てて自爆し、一緒にいたまどかは、現場に現れたほむらによって救出される。ほむらのアパートの部屋で、キュゥべえは、ほむらに、「これでもう、ワルプルギスの夜に立ち向かえる魔法少女は君だけしかいなくなった。もちろん一人では勝ち目なんてない。——この街を守るためには、まどかが魔法少女になるしかないわけだ」と語り、ほむらは、「やらせないわ。絶対に」と答える。

ほむらは、元々、この時間軸の人間ではなく、平行世界の住人だった。その平行世界で、魔法少女だったまどかに守られ、そのまどかが、ワルプルギスの夜との対決で死んでしまったとき、ほむらは、「鹿目さんとの出会いを、やり直したい。彼女に守られる私じゃなくて、彼女を守る私になりたい」という願いを叶えるために、その世界のキュゥべえと契約して魔法少女となり、記憶と魔法少女としての契約を携えたまま時間を遡って、新たな平行世界で、まどかとの出会いをやり直すことになったのだった。

平行世界で、まどかとともに魔法少女として魔女と戦うほむら。だが、二人ともワルプルギスの夜との戦いに敗れ、ほむらは、まどかから、過去に遡って、キュゥべえに騙される前の、バカな自分を助けて欲しいと頼まれ、再び、時間を遡って、新たな平行世界に移る。そこでは、ほむらは、まどかのいる学校に転校する前に、まどかの窓辺に現れて「あなたに奇跡を約束して取り入ろうとする者が現れても、決して言いなりになっては駄目」と警告し、まどかが魔法少女にならないようにしようとするが、ワルプルギスの夜との戦いで敗れたほむらを救うために、やはりまどかは魔法少女になってしまい、ワルプルギスの夜を倒した直後に魔女になってしまい、ほむらは、またも時間を遡る。こうして何度も時間を遡って、いくつもの平行世界で、まどかを守ろうとしていたのだった。

キュゥべえは、ほむらから説明されてようやく理解したのか、まどかの持つ魔法少女としての破格の才能は、ほむらがまどかのために何度も時間遡行を繰り返したためだったのだという結論を口にし、予期せぬ事態に、ほむらは驚く。ほむらは、自室で、ほむらの時間遡行の秘密を知らないまどかに、「本当の気持ちなんて、伝えられるわけないのよ」、「だって――私は、まどかとは、違う時間を生きてるんだもの」と言ってまどかを抱きしめ、「私ね、未来から来たんだよ」、「ごめんね……わけ分かんないよね」と言い、さらに、「それでもどうか――お願いだから。あなたを私に守らせて」と話し、まどかは小さく頷く。そして、街に強大な魔女、ワルプルギスの夜が襲来し、ほむらは一人で立ち向かおうとするが、やはり勝てない。

また時間を戻そうとしたほむらは、この行為がまどかの魔法少女としての資質を強めるだけだということに気づき、絶望感に覆われる。そこに、まどかが現れて「もういいんだよ。ほむらちゃん」と言い、ほむらの手を握りしめる。キュゥべえをともなったまどかは、ほむらに、「ごめんね。わたし、魔法少女になる」、「叶えたい願い事を見つけたの。だからそのために、この命を使うね」と言う。

そして、キュゥべえの「その魂を対価にして、君は何を希う？」という問いに、「すべての魔女を、生まれる前に消し去りたい。すべての宇宙、過去と未来のすべての魔女をこの手で」と願う。「そんな祈りが叶うとすれば、それは時間干渉なんてレベルじゃない。因果律そのものに対する叛逆だ！　君は……神にでもなるつもりなのか？」と驚くキュゥべえに、まどかは、「希望を信じた魔法少女を、わたしは泣かせたくない」、「それを邪魔するルールなんて変えてやる！」と宣言し、世界の改変が始まる。

そして過去の時代の魔法少女が救済され、ワルプルギスの夜も救済される。その代償として、まどかは、実態を失って、概念だけの存在となり、キュゥべえは、虚無の光の中で、「君は……この宇宙の一員ではなくなった」と語る。「これじゃ死ぬよりももっと酷いじゃない！」と叫ぶほむらに、まどかは、「ううん、諦めるのは、まだ早いよ」、「ほむらちゃんは、こんな場所までついきてくれたんだもの。だから元の世界に戻っても、もしかしたら、わたしのことを忘れずにいてくれるかも」と言って、自分の頭につけていた赤いリボンを、ほむらに渡し、「本当の奇跡があるかもしれない」、「いつかまたもう一度、ほむらちゃんとも逢えるから。それまでは……ほんのちょっとだけ、お別れだね」と言って消えていき、ほむらは、現実空間へ引き戻される。

改変された新しい世界では、ほむらだけでなく、マミや杏子も、魔法少女として、新たな敵である「魔獣」と戦っている。しかし、まどかは、仁美と恭介の仲はそのままにし、さやかを連れて去っていく。マミや杏子には、さやかは魔獣との戦いで力尽きてこの世から消滅したと記憶され、彼女たちは、消滅した魔法少女は「円環の理（えんかんのことわり）」という神のような存在に導かれるのだと考えているが、まどかの記憶はなく、魔女の記憶もない。新しい世界には、まどかも魔女も、初めから存在していないのだ。そして、キュゥべえにも、まどかや魔女の記憶はない。だが、ただ一人、ほむらだけは、まどかの記憶を持ち続け、かつての世界でこの場所を守ろうとしたまどかの意志をついで、新たな敵である魔獣に立ち向かう〔劇場版〔後編〕の内容は、テレビシリーズ第九話～第十二話の内容に相当〕。

『劇場版　魔法少女まどか☆マギカ〔新編〕叛逆の物語』のあらすじ

見滝原の街で、ほむらは、マミや杏子たちと、魔法少女として、人々の悪夢、ナイトメアを退治する仕事に励んでいる。そこには、消滅してしまったはずのさやかも、そして、まどかによって改変された新しい世界には存在しなくなったはずのまどかも一緒である。記憶のはっきりしないほむらだったが、やがて何かがおかしいと気づき、杏子に、杏子の出身地の隣町、風見野市に連れて行って欲しいと頼む。ところが、風見野に向かうはずのバスに乗っても風見野にはたどり着けず、ほむらは、自分たちが見滝原の街から外に出られなくなっていることに気づき、この世界そのものが、いなくなったはずの魔女の結界そのものなのではないかと考えるようになる。

ほむらは、改変される前の世界でマミを食い殺したお菓子の魔女が「べべ」という名の小動物になってマミの仲間になっていることに気づき、べべを問い詰めようとするが、魔女の記憶を持たないマミと争いになってしまう。魔獣さえいない、こんな都合のよい偽の世界を作ったものが、魔法少女の中にいるのではないかとほむらは考えるが、マミとの戦いの場からほむらを救うように現れたさやかは、「これってそんなに悪いことなの？」、「誰とも争わず、みんなで力を合わせて生きていく」、「それを作った心は、裁かれなければならないほど罪深いものなの？」と問い、ほむらは、自分だけの記憶であると思っていた魔女の記憶を、さやかも持っているということに気づき、いなくなったはずの魔女の結果の存在、魔女だったはずのべべの存在とともに、新たな謎となる。

「ここは偽物の街」、「誰かが夢に見た願望の世界」と確信するほむらの前にまどかが現れ、ほむらは、まどかに、「私ね、とても怖い夢を見たの」と語り始め、自分の気持ちを打ち明ける。花畑に囲まれた夜の公園で、「あなたが二度と会えないほど遠いところに行っちゃって」、「私だけがまどかのことを覚えてるたった一人の人間として取り残されて」、「寂しいのに、悲しいのに、その気持ちを誰にもわかってもらえない」、「そのうちに、まどかの思い出は、私が作り出した絵空事じゃないかって自分自身でも信じられなくなって」と泣きながら話すほむらを、まどかが抱きしめ、「私だけが誰にも会えなくなるほど遠くに一人でいっちゃうなんて、そんなこと、ありっこないよ」と言う。ほむらは、「あなたは、ほんとうのまどかだわ」、「もう一度また優しくしてくれて本当にうれしい」と話し、「まだやり残したことがあるから」と、まどかのもとから離れる。

ほむらは、この偽物の街を作った魔女が、まどかとの再会を熱望していた自分自身以外にはありえないということに気づき、キュゥべえは、ほむらに、結界の外の世界の状況を説明する。外の世界で、ほむらは死にかかっていて、そのソウルジェムへの外部からの干渉を遮断することで何が起こるかを、キュゥべえたちが観測しているのだという。そして、ソウルジェムの中に、ほむらの魂が見滝原の街をまるごと作ってしまったことに驚いたと語る。

「まどかを支配するつもりね」というほむらの言葉を否定しないキュゥべえに激怒したほむらは、キュゥべえたちにまどかに手出しさせないために、まどかによる救済を受けることなく、結界の中で魔女として死ぬ道を自ら選択する。

ほむらは魔女としての姿を現し、その手下たちが、ほむら魔女を処刑するために動き出すが、さやかと、べべから変身した魔法少女（百江なぎさ）が、彼らと戦い始める。さやかとなぎさは、ほむらを救済するために「円環の理」から遣わされて、まどかや魔女の記憶を持ったままほむらの結界に入り込んでいたのだった。杏子もさやかに加勢し、なぎさから事態を説明されたマミも加わり、そして、「円環の理」としての自覚と記憶を失った状態でほむらの魂に誘導されて結界の中にやって来ていたまどかも、さやかに教えられた通りに矢を放ち、ついに結界を破壊する。

外の世界が現れ、ほむら救済のためにやってきた「円環の理」、まどかが、ほむらのソウルジェムに手を伸ばしたとき、ほむらが、突然まどかの腕をつかみ、「捕まえた」と言って、「円環の理」から、人間としてのまどかを引きはがしてしまう。キュゥべえも理解できない事態に、ほむらは、

「これこそが人間の感情の極み。希望よりも熱く、絶望よりも深いモノ——愛、よ」と言い放ち、「君は何者か」と問うキュゥべえに「悪魔とでも呼ぶしかないんじゃないかしら?」と答える。

悪魔を自認するほむらによって再度、改変された世界の中の見滝原中学校のほむらのクラスに、まどかが転校してきて、ほむらは、まどかに、「あなたは私の敵になるかもね。でも構わない。それでも私はあなたが幸せになれる世界を臨むから」と言い、前の世界の記憶を持たないまどかの髪を結い、前の改変のときにまどかから渡されて自分の髪につけていた赤いリボンをまどかの髪に結んで、「やっぱり、あなたのほうが似合うわね」と言う。

以上、『劇場版　魔法少女まどか☆マギカ』三作品のあらすじを、『かがみの孤城』との比較という観点で重要と思われる部分に重点を置いて記したが、この『劇場版　魔法少女まどか☆マギカ』との比較をしながら、改めて、『かがみの孤城』の特徴について考えてみたい。

パラレルワールドの可能性

まず、パラレルワールドに関して、『かがみの孤城』が、『魔法少女まどか☆マギカ』と決定的に違っているのは、『魔法少女まどか☆マギカ』では、劇場版〈後編〉で、ほむらがまどかの死に遭遇するたびに、時間を遡って、何度もまどかとの出会いをやり直し、運命を変えようとして、いくつもの平行世界（パラレルワールド）を作ってきた様子が描かれている（テレビシリーズでは第一〇話）のに対して、『かがみの孤城』では、鏡の城で出会った七人の現実の世界が、それぞれパラレルワールドなのではないかとマサムネたちが考える場面はあるものの、その考えは正しくはないということが終盤で判明し、結局、パラレルワールドそのものが描かれる場面はないということだろう。だから、本書の読者の中には、パラレルワールドを描くアニメ作品を比較の対象にすること自体の意味について疑問に感じている方もいるかもしれない。だが、『かがみの孤城』では、こころの行動次第では、パラレルワールドが出現していたはずだという、その可能性のほうが重要であろう。

「三月」の章で、もし、こころがアキを救出できなかったら……。もし、アキが城で狼に食われたまま、そのまま死んでしまっていたら、仮に、こころが現実の世界に戻ったとしても、その現実の世界は、かつてこころがいた世界とは違う世界になっていたはずだ。そこには、こころが最も頼りにしていた喜多嶋先生はいないはずなのだ。急にいなくなったのではなく、その世界には、喜多嶋晶子先生は、最初から存在しないことになる。つまり、こころは、鏡の城にやって来る前にいた世界とは別の現実世界、つまり、パラレルワールドで生きていかなければならなくなってしまうということだ。

こころが命がけでやったこと。それは、そうしたパラレルワールドの出現を阻止し、現実世界の運命を守ることだったのだ。『魔法少女まどか☆マギカ』でほむらが運命を変えるためにいくつもの平行世界（パラレルワールド）を作り出したのに対して、『かがみの孤城』のこころは、それと気づかずに現状を死守したのであり、この点で、『かがみの孤城』は、『魔法少女まどか☆マギカ』と対照的である。これは、『魔法少女まどか☆マギカ』が特殊であるというより、パラレルワールドの出現の阻止という物語であるという点が『かがみの孤城』の大きな特徴であると言ったほうがよいかもしれない。

というのは、主人公による運命の改変、パラレルワールドの出現という方向は、『魔法少女まどか☆マギカ』の後、『かがみの孤城』とほぼ同じ時期に制作されたアニメ映画『君の名は。』（新海誠監督・脚本、二〇一六年）や『打ち上げ花火、下から見るか？横から見るか？』（新房昭之監督、大根仁脚本、二〇一七年）にも受け継がれていて、これらの作品は、ともに、多くのアニメファン、映画ファンを魅了し、すでに高い知名度も獲得し、また、それぞれ、映画公開とほぼ同時に脚本担当者による小説版も出版され、マサムネが言うように「ドメジャー級」の潮流をなしているからである。そんな大きな潮流の中を、こころは、魔法の宝石ではなく一冊の絵本を携えて、逆向きに走り抜けて見せたのだと言ってもよいだろう。

まどかというかけがえのない友達の死を避けるために、何度も運命を変えようとしたほむら。

そして、家庭にも友達にも恵まれ何の不自由もない生活をしているようだったまどかが、救いようのない残酷な世界の運命に気づき、自らの命を対価にして、宇宙の法則さえ書き換え、世界そのものを改変してしまい、またもまどかを失ったほむらが、まどかを取り戻すために、自らが悪魔になってでもさらに世界を改変してしまったのに対して、学校でつらい体験をし、苦しい思いの中で生活していたこころは、運命の改変を阻止し、救いようのないようにさえ見えていた現実の世界の中にかけがえのない絆が存在していたことを読者に見せてくれたのだ。このように見れば、『かがみの孤城』は、ある意味では最先端、そしてまたある意味では究極の保守志向的物語であるとも言えるだろう。

二〇二一年三月公開の『シン・エヴァンゲリオン劇場版』では、ラストで、主人公の碇シンジが、父ゲンドウによる人類補完計画を否定し、世界をいわば補完計画前に戻したわけだから、こういう点では、『かがみの孤城』は、『魔法少女まどか☆マギカ』よりも『エヴァンゲリオン』に近いと言うこともできるかもしれないが、この章では、『かがみの孤城』との親和性と対照性を見やすい『魔法少女まどか☆マギカ』との比較を続けていきたい。

「時間への干渉」と「因果律への叛逆」

単純なタイムトラベルを描くなら、時間遡行者は、過去を改変してはならない。過去を改変、すなわち、時間への干渉をしてしまえば、歴史が変わってしまい、時間遡行者は、もはやもとの世界には戻れない。過去を変えた者が戻れるのは、改変された世界、つまりパラレルワールド（平行世界）だ。

暁美ほむらは、魔女との戦いで死んでしまった鹿目まどかの運命を変えるためにいくつもの平行世界を作り出し、時間の中で迷子になってしまったような状況に陥りながらも、まどかを守るという信念をよりどころにして、何度でもやり直す時間遡行者だった。だが、パラレルワールドを渡り歩くことにより、因果律を破壊することはなかった。ほむらがそれぞれのパラレルワールドの中で実行したことは、その時間軸の中でのみ未来に影響を与え、別の時間軸での出来事は、ほむらの記憶の中に存在し続け、決して、改変されることはない。

それに対して、そんなほむらを救い、すべての魔法少女を救うためにまどかが願ったこと、「すべての魔女を、生まれる前に消し去りたい。すべての宇宙、過去と未来のすべての魔女をこの手で」という願いは、過去の魔法少女から見れば未来の少女であるまどかが、過去の魔法少女が魔女になる前に消滅させるというのだから、たしかに、キュゥべえが言うように「そんな祈りが叶うとすれば、それは時間干渉なんてレベルじゃない。因果律そのものに対する叛逆だ！」ということになる。

ほむらの時間遡行によって生まれたまどかの破格の魔法少女としての資質がそれを可能にしたということになるが、『かがみの孤城』のこころは、一見、特別にSF的なことをやっているわけでもないにもかかわらず、ひそかに、「因果律への叛逆」とも呼べる結果をもたらしていることに注目したい。

『かがみの孤城』の中のキーパーソン、喜多嶋晶子先生が、フリースクールの先生として安西こころの最大の味方になることができたのはなぜか。そもそも彼女をフリースクールの先生に導いた出来事は何だったか。もちろん、そこには、鮫島先生との出会い、水守実生との出会いがあるわけだが、晶子自身の記憶にもない未来の少女、安西こころの、未来での決死の行動がなかったら、喜多嶋晶子先生の存在さえあり得ない。そして、このことが、『かがみの孤城』一七年版が最終的に描いた「衝撃のラスト」そのものだ。こころの決死の行動が、パラレルワールドではなく、晶子の世界と同じ世界、同じ時間軸の未来で決行されたために、未来でのこころの行動が、過去のアキの運命を決め、そして、こころ自身にも影響を与えることになっている。つまり、『かがみの孤城』が最後に見せたのは、ある意味では、「因果律への叛逆」そのものだと言ってもよいだろう。「叛逆」というのが、やや過激に聞こえるなら、「因果律の相対化」と言ってもよいかもしれない。

『魔法少女まどか☆マギカ』では、キュゥべえの「因果律への叛逆」という台詞によって、このテーマが強調されているが、そもそも、この物語の二人の主人公である「鹿目（かなめ）まどか」と「暁美（あけみ）ほむら」の名前が、いずれも、姓をかな表記にしさえすれば、姓と名の逆転が可能になるように仕組まれていることが、過去と未来の逆転、原因と結果の逆転という物語の内容を象徴しているようにも思われる。

それとは対照的に、『かがみの孤城』は、連載開始時点では、因果律への叛逆どころか、時間のズレのアイデアさえ存在しておらず、鏡の城という謎の舞台は用意されてはいたものの、その城の中での出来事でさえ、極めて日常的な描写によって静かに進む地味な物語である。謎の鏡や狼の面をつけた謎の少女は登場しているものの、「因果律への叛逆」という物語へと進む『魔法少女まどか☆マギカ』との比較の対象に値するほどのスケールの大きな物語に発展しそうには見えなかったことを考えると、『かがみの孤城』の「衝撃のラスト」の誕生は、改めて画期的だったと言えるだろう。

狼面の少女の「平凡なお前の願いをなんでも一つ叶えてやるっつってんだ！」という台詞（一七年版三三頁、二一年文庫版では上巻四六頁、二二年キミノベル版では上巻四三頁）を初めて読んだときに、『魔法少女まどか☆マギカ』のキュゥべえの「君たちの願い事を、なんでもひとつ叶えてあげる」という台詞を連想した人は、それほど多くはないのではないだろうか？

しかし、時間を超越した城という仕掛けを使い、『かがみの孤城』が静かに遂行したのは、未来が過去によって決まるという常識的な因果律では説明できない事件を描くことによる因果律の相対化だったと言ってもよいだろう。『魔法少女まどか☆マギカ』では、ほむらによる時間遡行、パラレルワールドの出現の繰り返しを経てようやく可能になったまどかによる「因果律への叛逆」を、『かがみの孤城』のまどかは、すぐ身近にあるような世界の中で遂行してしまったようなものかもしれない。

夢という名の真実

『かがみの孤城』の『魔法少女まどか☆マギカ』との親近性と対照性は、パラレルワールドの扱い、因果律の相対化ということにはとどまらず、現実の相対化、言い換えれば、虚構の復権という点に注目すべきであろう。

『かがみの孤城』一七年版の「一月」の章で、一月十日の「決戦」に失敗し、城での仲間たちとの約束にもかかわらず、学校で城の仲間に会えなかったこころは、そもそも鏡の城での日々が自分の妄想だったのではないかと考え始める。

「今日までの日々は、なんだったんだろう」、「鏡の城なんて、本当はなかったのか」、「あそこで仲間に会えたことからが、そもそもこころの妄想か何かだったのか。考えてみれば、あれは、都合がよすぎる奇跡みたいな話だった」、「そこで会った子たちが、こころを友達みたいに思ってくれるなんて、いかにも都合がいい、こころの願望そのものじゃないか」、「そう考えると、次に不安に思うのは、自分がおかしくなってしまったんじゃないかということの方だった」と、こころは思う（一七年版三一八頁、二一年文庫版では下巻三八頁、二二年キミノベル版では下巻三四〜三五頁）。

さらに、「妄想だと、こころの作り出した願望の幻影だと今日わかってしまったから、明日からはもう、こころはどこにも行けないのか。だったらいっそ、それが幻想だったとしても、あの願望の中にいる方がマシだった」、「だって、現実は、もっと本当にどうしようもない、こころの願望も考えも通用しない場所なんだから」（一七年版三一九頁、二一年文庫版では下巻三九頁、二二年キミノベル版では下巻三五頁）と、こころは思う。そして、帰宅したこころは、「怖くて、すぐに自分の部屋に行けなかった」（一七年版三二五頁、二一年文庫版では下巻四七頁、二二年キミノベル版では下巻四二頁）。

「これまでの城の日々は、こころの頭の中だけの妄想なのか。妄想が解けたら、鏡はもう光らないのではないのか」、「――城に行けるのは、九時から五時」、「今日も、本当なら光っているはずだった」。不安の中、「こころは階段を上がり、思い切って、自分の部屋のドアを開く。鏡を見る。そして、無言で息を呑んだ」と書かれ、一七年版三二五頁は、この文で終わり、最終行の空白の後、続きを読むために、読者は、頁をめくる。そして、次の偶数（右）ページ、三二六頁の冒頭の、前後に一行ずつの空白をはさんだわずか七文字の「鏡が光っていた」という一行は、全編を通しても、非常に重要な一行であると言えるだろう（二一一年文庫版では偶数頁一行目にはならず下巻四八頁一二行目、二二一年キミノベル版では下巻四三頁七行目）。さらに、一行の空白の後、「こころを迎え入れる準備万端。妄想でも願望でもない現実感を伴って、確かにそこで、虹色に輝いていた」と続く。

虚構の中の虚構、夢の中の夢。だが、それは、現実に屈して消えてしまうことはなかった。やがて、この城での出会い、城での出来事が、こころの「現実」の世界、とりわけ、キーパーソンとなる喜多嶋晶子先生を生み出していたことが語られる。それこそが、この小説の「衝撃のラスト」そのものである。小説や芸術作品の世界は、少なくとも現実の世界と同じように確かに存在していて、それを生み出し味わうことは、現実逃避などでは決してない。もしかするとこのことが、この小説の最大のテーマであるのかもしれないし、この小説だけではなく、それは、多くのクリエイターたちの創作のテーマなのかもしれない。

『劇場版　魔法少女まどか☆マギカ』の〔後編〕の終盤では、鹿目まどかの、「すべての魔女を生まれる前に消し去りたい」という願いによって世界が改変され、その代償として、まどか本人は世界から消え、その記憶を維持しているのは、暁美ほむらだけとなった。続く〔新編〕では、まどかのいる世界、魔獣さえいない、人々の悪夢を退治しさえすればよいという、魔法少女にとって「都合がよすぎる」世界が現れるが、ほむらはこれを「偽物」の街だと気づく。その「偽物」

の街の中で、ほむらはまどかに、「私ね、とても怖い夢を見たの」と語り始め、花畑に囲まれた夜の公園で、「あなたが二度と会えないほど遠いところに行っちゃって」、「私だけがまどかのことを覚えてるたった一人の人間として取り残されて」、「寂しいのに、悲しいのに、その気持ちを誰にもわかってもらえない」、「そのうちに、まどかの思い出は、私が作り出した絵空事じゃないかって自分自身でも信じられなくなって」と泣きながら話す。この場面は、『魔法少女まどか☆マギカ』全編の中でも最も美しい場面のひとつだが、この時ほむらは、今、自分たちがいる「偽物」の世界の外の「現実」の世界の記憶を「夢」と表現している（「現実」を「夢」と呼ぶことによる現実の相対化）。そして、事情がわからないまどかは、「うん、それはとってもやな夢だね」と答えている。

やがて、ほむらは、「あなたは幻かもしれないって」、「誰かが用意した偽物かもしれないって思ってた」、「でなければ、こうして、また、会えるなんて、どう考えてもおかしいもの」、「でもわかる。あなたは、ほんとうのまどかだわ」と語り、自ら「偽物」と呼んだ世界が真実の世界だとも感じ始める（「偽物」こそが真実であるとすることによる現実の相対化）。

「まどかを支配するつもりね」というほむらの言葉を否定しないキュゥべえの企てを阻止しようと、魔女として結界内で自ら死ぬ道を選ぼうとするほむらを救うべく、さやかや杏子はほむら魔女の手下との戦いを繰り広げる。そこで外の世界の記憶を取り戻した杏子は、さやかに、「胸糞悪くなる夢を見たんだ。あんたが死んじゃう夢を。でも本当はそっちが現実で、今こうして二人で戦ってるのが夢だって……そういうことなのか？　さやか」と問い、さやかは、「夢っていうほど悲しいものじゃないよ、これ」と答えている。さらに、さやかは杏子に、「何の未練もないつもりでいたけれど、それでも結局、こんな役目を引き受けて戻って来ちゃったなんて……やっぱあたし、心残りだったんだろうね。あんたを置き去りにしちゃったことが」と語り、外の世界で杏子を「現世」に残して、「円環の理」に導かれて消えてしまったことを回顧している。こうして二人はほむらの作った「偽物の世界」で、初めて友情を確かめ合うことができた。

また、そもそもこの戦いが始まる前に、さやかは、偽物の街を作り出した魔女を探し出そうとしていたほむらに、「これってそんなに悪いことなの？」、「誰とも争わず、みんなで力を合わせて生きていく」、「それを作った心は、裁かれなければならないほど罪深いものなの？」と問いかけている。

夜の公園で、ほむらに「誰とだってお別れなんかしたくない」と語るまどかの言葉を聞いたほむらは、「そうだったのね」、「やっぱり認めちゃいけなかったんだ」と言い、まどかが魔法少女になって世界を改変して消えてしまった運命を、やはり、自分は止めるべきだったのだと確信する。この「偽物の街」で得た真実は、彼女を、「円環の理」からまどかを引きはがして、みずからが悪魔となってでもまどかを取り戻すという新たな「叛逆」、あらたな世界改変へと導いた。

二度の世界改変により、「現実」の優位は相対化され、虚構の中の虚構は現実となる。暁美ほむらと鹿目まどかの名前が、いずれも姓と名の逆転が可能な名前になっていたのは、因果律の転覆だけでなく、現実と虚構の逆転をも象徴しているかのようである。このような大がかりな道具立てを用いて、『劇場版　魔法少女まどか☆マギカ』で盛大に遂行された現実の相対化が、『かがみの孤城』では、静かに、しかし確実に、遂行されたと言えるだろう。

未来から来た少女

『かがみの孤城』と『魔法少女まどか☆マギカ』との間に、パラレルワールド出現の有無と可能性、時間への干渉と因果律の相対化、現実の相対化といった点で、注目すべき親和性と対照性があることを見てきたが、最後に、記憶と時間について見ておきたい。

『かがみの孤城』一七年版の「三月」の章のクライマックスシーンでこころがアキに叫んだ「私――、未来にいるの」という言葉が希望の表現であるのに対して、『魔法少女まどか☆マギカ』劇場版〔後編〕の終盤（テレビシリーズでは第一一話）でほむらがまどかに話した「……私ね、未来から来たんだよ」という言葉は、ほむらの絶望的な孤独感の表現であった。

ほむらは、元々いた世界で、自分を守って死んでしまったまどかとの出会いをやり直すために魔法少女となり、ただひとり、元の世界の記憶を携えたまま、そして魔法少女としての契約も維持したまま、過去に遡って平行世界（パラレルワールド）を作ってそこに入りこんだ。まどかを守るというその目的のために、何度失敗してもやり直し、そのたびに自分の失敗の記憶が増えていくのに、新たに出会う平行世界（パラレルワールド）の中のまどかにはその記憶がないため、自分の気持ちが伝えられず、孤独感を募らせていく。「……私ね、未来から来たんだよ」という時の「未来」とは、まどかがいる今の時間軸の未来ではなく、別の時間軸、平行世界の未来なのだ。

「本当の気持ちなんて、伝えられるわけないのよ」、「だって──私は、まどかとは、違う時間を生きてるんだもの」と言ってまどかを抱きしめて泣くほむらは、事情がわからず戸惑うまどかに、「ごめんね……わけ分かんないよね……気持ち悪いよね……まどかにとっての私は、出会ってからまだ一カ月も経ってない転校生でしかないものね……」、「……繰り返せば繰り返すほど、あなたと私が過ごした時間はずれていく。気持ちもずれて、言葉も通じなくなっていく。……たぶん私は、もうとっくに迷子になっちゃってたんだと思う」と言う。「ほむらちゃん……」とだけ答えるまどかに、「……あなたを救う」、「……それだけが私の最初の気持ち……今となっては、ただひとつだけ最後に残った、道しるべ」、「分からなくていい。何も伝わらなくてもいい。それでもどうか──お願いだから。あなたを私に守らせて」と話し、まどかも、ただ小さく頷く。

まどかが、絶望感に覆われたほむらとすべての魔法少女、すべての魔女を救うために、自らの命を代償に世界を改変したときにも、改変前の記憶は、ただひとり、ほむらにだけ受け継がれた。劇場版〔新編〕では、「偽物の世界」を捏造した自分自身を裁こうとするほむらに対して、「円環の理」から遣わされたさやかが、外の世界と改変前の世界の記憶も持っているため、「ひとりで背負い込もうとするなっての！」と叫ぶ。ほむらを救うために、杏子たちとともに、ほむら魔女の手下たちと戦う場面でようやくほむら救済の可能性が見えてくるのだが、ほむらがひとりで抱え込んでいた重圧はあまりにも大きいものだ。〔新編〕のラストでの、ほむらによる世界改変では、自ら悪魔となったほむらだけが改変前の記憶を維持している。まどかは、「円環の理」としての記憶を失っているようだし、さやかの記憶もあやふやになっていくことが示唆されている。キュゥべえでさえ、改変前の世界の記憶は持っていないようであり、まどかによる改変前の世界でも平行世界の記憶は持っておらず、それゆえ、ほむらのことを「イレギュラー」と認識していたほどだ。〔後編〕のラストシーン（テレビシリーズでは最終の第一二話）で、まどかによって改変された世界に残されたほむらは、「悲しみと憎しみばかりを繰り返す、救いようのない世界だけれど……だとしてもここは、かつてあの子が守ろうとした場所なんだ」、「それを憶えてる。決して忘れたりしない。だから私は――戦い続ける」と決意を語る。このモノローグは、ほむらというキャラクターを象徴する台詞である。元々の世界でほむらは、心臓病で入院していて、退院直後にまどかのいる中学校に転校し、体力もなく、「準備運動だけで貧血ってやばいよね」と、クラスメートに陰口を言われているような弱々しい存在だった。この真相は、〔後編〕の終盤（テレビシリーズでは、全十二話中第一〇話）で明らかになるが、その時間遡行の回顧シーンを除けば、ほむらはほぼ、感情を隠して行動する強い少女として登場おり、悲壮感も漂っている。

『かがみの孤城』一七年版の「三月」の章で、こころが最後に東条萌と別れたときに、転校する東条萌が、「人間関係をリセット」と言っていたことについて、「私のことだけはリセットしないで、と、心の中で呟く。呟いてから、すぐに打ち消す」、「別に、忘れてしまってもいい――と」（一七年版四百二九頁、二一年文庫版では下巻一九二頁、二二年キミノベル版では下巻一七〇頁）、「私がその分、覚えている。萌ちゃんと今日、友達だったことを」と思う場面があるが、この描写がとても前向きで幸福感さえともなっているのと比べると、『魔法少女まどか☆マギカ』でほむらが抱えている重圧はとてつもなく大きいものだった。

劇場版〔新編〕のラスト、まどかとほむらのシルエットが踊るような魅力的なアニメーション（エンディングアニメーション＝鈴木博文）とともに流れる、悪魔になることも辞さないほむらの心情を表現しているかのようなエンディングテーマ曲『君の銀の庭』（梶浦由記作詞作曲、Ｋａｒａｆｉｎａ歌）が終わった後に現れる月夜の公園の短い映像の中でも、まどかを想っているのか、ほむらは、ひとりで踊っていた。見ているのは、ボロボロになったキュゥべえだけ。そのキュゥべえにも、改変前の世界の記憶などないはずだ。そして、崖から転落するようなほむらの映像にも、もはや、台詞はない。

『魔法少女まどか☆マギカ』では、魔女の結界などの非日常的空間の映像を担当しているアニメ制作ユニット、劇団イヌカレーによる映像の比重がかなり高く、特に、〔新編〕では、ほむらが自分のいる世界が捏造された偽物の街だということに気づいていく過程で、街の風景がどんどん非日常的な様子を見せて変化していく場面の不気味なほどに美しい映像は、この作品の大きなポイントになっている。

『かがみの孤城』は、美の追求というより、現実の中学生の心に寄り添うという作者の姿勢から出発した作品だけあって、最後まで現実感を失うことはない。『かがみの孤城』一七年版では、病死により神様に近い存在となったミオは特別だが、彼女を除けば、誰かが、特別な記憶を抱え込んでいるということはない。終盤で、こころに城の仲間たちの記憶が流入する場面はあるが、この記憶は、城が閉まるとともに消えてしまうものだから、こころが一人で抱え込むようなものではない。こころは、城の外では会えない存在なのかもしれないと思っていたアキが、決してパラレルワールドの住人などではなく、自分と同じ世界の過去の中学生で、自分は、アキにとっての未来の中学生なのだということに気づくことで、アキが生きて大人になれば、城の外で、大人になったアキに会えるはずだという希望に気づくのだ。「私――、未来にいるの」という言葉は、「大丈夫だよ、アキ！　私たちは助け合える！　会えるよ！　だから生きなきゃダメ！　頑張って、大人になって！　アキ、お願い」という言葉に続くものだった。そして、これが、こころの現実を生み出していたことを明らかにしたのが、『かがみの孤城』一七年版の「衝撃のラスト」そのものであった。

『かがみの孤城』一七年版の「三月」の章で城の仲間たちの記憶がこころに流入する場面は、『魔法少女まどか☆マギカ』での、ほむらの時間遡行の回想場面と同様、読者や視聴者への秘密の開示という意味合いが強い。『魔法少女まどか☆マギカ』でのそれは、その直後にほむらの部屋でキュゥべえが「時間遡行者、暁美ほむら……」と言う場面があることから、ほむらのキュゥべえへの説明というように解釈できるようになっている。『かがみの孤城』でのそれは、城の仲間たちが狼に食われた場所を示す×マークに触れることでこころに仲間たちの記憶が流入するということになっていて、これは、『魔法少女まどか☆マギカ』や『かがみの孤城』一七年版とほとんど同じ時期に制作された。アニメ映画『君の名は。』（新海誠監督、二〇一六公開）で、主人公である立花瀧に、少女、宮水三葉の記憶が流入する場面のほうに近いと言えるかもしれない。『君の名は。』での瀧への三葉の記憶の流入は、ご神体の巨木がある神聖な場所、三葉の祖母が「ここから先は、あの世」と言っていたこの世とあの世の境界で、瀧が三葉の「口噛み酒」を飲んだことで引き起こされたが、『かがみの孤城』一七年版では、城の仲間が狼に食われた場所である×マークにこころが触れることで引き起こされており、この×マークも、生と死の境界の場所ということができる。さらに、『かがみの孤城』一七年版の場合、鏡の城自体が、病死した少女、ミオが神様に頼んで作ってもらったものであり、これ自体が、生と死の境界であると言ってもよい。

記憶の流入など、そう簡単に起こることではないから、どちらの作品でも、この現象が起こる特別な状況を作るための工夫がされている。『君の名は。』の場合には、三年前に三葉から瀧に渡された組紐が、記憶の流入シーンの後、「カタワレ時」という特別な時間に、三年後の瀧と三年前の三葉が時を越えて出会う場面で瀧から三葉に返されるが、この場面は、『劇場版　魔法少女まどか☆マギカ』の〔後編〕の最後にまどかからほむらに渡された赤いリボンが、〔新編〕の最後にほむらからまどかに返される場面を連想させる。『君の名は。』では、このあと世界が改変され、瀧も三葉も改変前の世界の記憶をほぼ失ってしまうため、『劇場版　魔法少女まどか☆マギカ』のほむらのような孤独な主人公が登場することはない。この点でも、『かがみの孤城』一七年版は、『君の名は。』のほうに近い要素を持っているといえる。また、アキが城の記憶をわずかに持ち続けていることは、『君の名は。』の瀧と三葉が、互いの名を忘れてしまっても記憶の残像のようなものを持ち続け、改変された世界（パラレルワールド）でも、ラストシーンで出会いを果たすことに類似している。

さらに、『かがみの孤城』の時間を超越した城としての鏡の城は、それ自体が、『君の名は。』で口噛み酒が置かれた神聖な場所であり、また、カタワレ時の世界との類似が指摘できるだろう。しかし、『君の名は。』は『魔法少女まどか☆マギカ』と同様にパラレルワールドを出現させているのに対して、『かがみの孤城』一七年版はパラレルワールドの出現を阻止する物語だったという点で、『魔法少女まどか☆マギカ』や『君の名は。』とは対照的な物語になっている。『かがみの孤城』一七年版は、あくまでも、現実の未来の中に過去を作る力を見出す物語になっていて、『魔法少女まどか☆マギカ』とは別の方法で「因果律への叛逆」を実現した物語になっている。ひとつの世界の未来が、その世界の過去を作っていたことを明かす物語が、それを実現したのだ。

かつて、絶望感から生きることを止めようと考えた少女は、鏡の城で出会った未来の少女の願いを聞いて、生きて大人になる道を選択した。大人になって、未来の少女に会うために。

第四章

虚構の中の創造主
――「エヴァンゲリオン」と円環の物語

時間を越えた出会い

『かがみの孤城』に登場する城は、時空を越えた城であり、それぞれの時代の孤独な少年少女たちにとって、この時空を越えた鏡の城が貴重な居場所になっていたが、アニメ「エヴァンゲリオン」シリーズ、その新劇場版シリーズの完結編である『シン・エヴァンゲリオン劇場版』に登場する「第3村」では、主人公の少年碇シンジが、その親友たちと、いわば時空を超えて出会うという、ある意味で、『かがみの孤城』と同じような出会いの物語になっている。

この章では、『かがみの孤城』をより深く味わうために、「因果律と現実の相対化」、「虚構の価値」、「パラレルワールドの創造と阻止」、「孤独な少年少女たちの居場所」、そして「時空を超えた出会い」といった重要な要素を『かがみの孤城』とアニメの傑作『エヴァンゲリオン』シリーズとを比較する。特に、その「新劇場版」シリーズの完結編である『シン・エヴァンゲリオン劇場版』について詳しく論じていきたい。

『ヱヴァンゲリヲン新劇場版：序』（二〇〇七年）でスタートした『ヱヴァンゲリヲン新劇場版』シリーズ四部作は、『新世紀エヴァンゲリオン』（一九九五年〜一九九七年）の登場人物の別の世界（パラレルワールド)での別の可能性を描くものである。『新世紀エヴァンゲリオン』と同様に「二〇一五年」から物語が始まり、シンジたちは、ネルフという組織の人造人間エヴァンゲリオンに乗って、人類の敵とされる使徒と呼ばれる謎の生命体と戦っている。第三作の『ヱヴァンゲリヲン新劇場版:Q』(二〇一二年)の冒頭から、突然、十四年後の世界に話が飛ぶにもかかわらず、エヴァンゲリオン初号機パイロットのシンジや2号機パイロットのアスカは「エヴァの呪縛」のために十四歳のままであるという異様な世界の中での物語になった。

シンジは、第二作『ヱヴァンゲリヲン新劇場版:破』(二〇〇九年)のラストで、零号機パイロットの綾波レイを救出しようとして初号機で出撃したものの、その行動が、結果として「ニアサードインパクト」という地球規模の大災厄を引き起こしてして街を破壊してしまう。しかも、綾波レイを助けることも出来ず、彼女が初号機の中に取り残されたまま救出不可能な状態になっていることを知ったばかりか、その贖罪のためと思っての行動が、事態をさらに悪化させてしまうに至って、絶望する。第四作『シン・エヴァンゲリオン劇場版』の冒頭では、かつてエヴァンゲリオンに乗って人類の敵とされる使徒と戦っていたときの本拠地であるネルフ本部のあった第3新東京市(箱根がモデル)の跡地をさまよっていた。

ネルフ時代からのシンジの上司である葛城ミサトらは、ネルフの作戦が人類の滅亡につながることに気づき、ヴィレという組織を立ち上げてネルフとの戦いを決意する。その空中要塞のような空飛ぶ戦艦、ヴンダーを基地にネルフと戦っていたが、同時に、ニアサードインパクトでもかろうじて生き残った土地を封印柱という防護装置などを用いて護った。また、KREDIT(クレーディト)という支援組織を立ち上げて、生き残った人々が暮らす村への食糧や医療機器の提供などでの支援活動も支えていた。

シンジはそんな支援によって生き残っていた村のひとつで、かつての第3新東京市の跡地にある第3村にたどり着く(『シン・エヴァンゲリオン劇場版』)。初号機に取り残されている綾波レイにそっくりのネルフの新しいエヴァンゲリオンパイロット、仮称アヤナミレイも同行しており、さらに、今はヴィレに所属している2号機パイロットのアスカも、シンジの監視の任務を帯びてシンジたちに同行していた。そして、その第3村で出会ったのは、かつての第3新東京市の中学校の2年A組のクラスメート、鈴原トウジだった。彼は、やはり同級生だった旧姓洞木ヒカリと結婚し、ツバメという名の娘を育てている。トウジは、医者として村に貢献しており、さらに、やはり同級生だった相田ケンスケは、環境調査などの仕事で活躍していた。

ケンスケはシンジに、彼らの今の素朴な幸福が、シンジの引き起こしたニアサードインパクトのおかげだと言う。ニアサードインパクト後の苦労がトウジとヒカリの縁結びであると言い、「ニアサーも悪いことばかりじゃない」と話し、これまで自分の過去のすべてを否定して気力を失くしていたシンジは、新たな可能性を感じ始める。

『新世紀エヴァンゲリオン』では、「本来、魂のないエヴァには、人の魂が宿らせてある」（第弐拾参話、リツコの台詞）のであり、パイロットは、その魂と心を通わせることで、初めてエヴァを操縦できる。その「シンクロ」は、エヴァに宿らせてある魂とパイロットの魂とが絆をむすぶことであり、それゆえ、それぞれのエヴァの専属パイロットは、他のエヴァには簡単には乗ることができないのだ。この制約が、『新世紀エヴァンゲリオン』では、物語を深めるための重要なポイントのひとつになっていた。

それゆえ、弐号機（2号機）パイロットのアスカが3号機に乗ることはできず、3号機のテストのための新しいパイロットを選ぶ必要があり、その残酷な運命を与えられたのがトウジであった。その残酷な運命については、『エヴァンゲリオン解読　そして夢の続き』（二〇〇一年）とその文庫版『完本　エヴァンゲリオン解読』（二〇一〇年）の第四章に、「これを残酷と言わずして、何と言おうか」等と書いた。この『新世紀エヴァンゲリオン』で重要だった「魂」をめぐる制約が、新劇場版の世界では取り払われた。そのため3号機に2号機パイロットのアスカが乗ることが可能となり、トウジに残酷な運命が与えられることはなくなり、『新世紀エヴァンゲリオン』のときとは真逆の素朴な幸福が与えられている。

このことは、『新世紀エヴァンゲリオン』のファンとしては感無量であるが、それを知らない劇中のシンジにとっても、心配していたトウジが元気に暮らしていたことは大きな救いになったはずだ。そして、新劇場版で3号機に乗ることになったアスカは、それによる試練とともに、やがて、新たな可能性を見出すきっかけを得る。

ここでひとつ注意しておきたいのだが、『エヴァンゲリオン』について、「エヴァはパイロットの母親の魂を持っている」というような表現は正しくない。エヴァの魂とパイロットとの関係が親子の関係であることが明らかなのは、『新世紀エヴァンゲリオン』における初号機と弐号機だけであり、同じ『新世紀エヴァンゲリオン』でも、零号機の場合は全く違う。零号機の魂は、パイロットである綾波レイとはむしろ相性の悪そうな他人であり、レイが難しいシンクロを強いられていることや、その秘密をエヴァ開発の責任者である赤木リツコでさえ教えられていないということの背後にあるゲンドウの画策の恐ろしさなどは、『新世紀エヴァンゲリオン』解釈に深みを与える重要なポイントである。

これらは、『エヴァンゲリオン解読』とその文庫版『完本　エヴァンゲリオン解読』では詳しく述べたが、視聴者が作品を繰り返し見ることで把握すべきことだろう。さらに、新劇場版の世界では、初号機の中のユイは、初号機の「制御システムになっている」(『ヱヴァンゲリヲン新劇場版：Q』の中の冬月の台詞)が、エヴァの魂になっているわけではないということにも注意しておきたい。

『新世紀エヴァンゲリオン』の世界では、中学時代からヒカリはトウジに想いを寄せていて、トウジもそれに気づいていながら二人の距離は縮まらず、トウジを悲劇が襲う。新劇場版では、そうした二人のやりとりが描かれておらず、二人とも、『新世紀エヴァンゲリオン』の世界の中での自分たちの運命を知らないだけに、そんな彼らが新劇場版の世界で素朴な幸福をつかんでいることに『新世紀エヴァンゲリオン』のファンとしては感無量なのだが、ケンスケはシンジに、トウジとヒカリのことを、「中学のときは、ケンカばっかしてた」と話す。でも、『ヱヴァンゲリヲン新劇場版：破』の終盤で、使徒が攻めてきたときの市民の避難所のシーンで、トウジがヒカリを抱きかかえるような姿勢でかばっているシーンが、一瞬、画面に映っている。そのときの使徒が、綾波レイを零号機ごと食ってしまい、シンジは初号機でレイを助けようと使徒に挑んだものの、自らとレイを初号機の中に取り込まれてしまう。シンジはその後救出されたものの、綾波レイは、そのまま救出不可能になってしまったのである。

第3村での出会いは、新劇場版四部作の中の最も印象的な場面であり、新劇場版がこのシーンを描くために作られたものなのだと感じさせるほど美しい世界が描かれる。しかも、この素朴な幸せは、ヴィレの封印柱などで辛うじて護られている危うい世界であるため、そのはかなさが、いっそう心にしみる。

第二作『ヱヴァンゲリヲン新劇場版：破』で結果的にシンジがひきおこしてしまったニアサードインパクトという災厄によって破壊された鉄塔や電車の車両の一部が赤く染まって空中を浮遊する様子や、空中の様子も異様であり、ネルフ本部の地下深くにあった人類補完計画のアイテムの一部だったと思われる不気味な物体が村のすぐ外に姿を現したりしている様子は、滅亡と紙一重の世界をあらわしている。これこそが第3村なのだ。ケンスケは、なぜか練馬ナンバーの車で村の中を移動している（『エヴァンゲリオン』の世界では、旧東京は、西暦二〇〇〇年に起こった南極を爆心地とするセカンドインパクトと呼ばれる地球規模の大災厄によってほとんど滅亡状態になっている模様で、旧箱根の第3新東京市が重要な役割を果たしている）。『新劇場版』の世界では、二〇一五年のニアサードインパクトによって破壊された第3新東京市跡の第3村で、図書館や公衆浴場は止まったままの電車の車両を利用して作られていて、公衆浴場の浴室には青いビニールシートが見える。貨物列車の車両に青いビニールシートを張ったような浴槽だが、第3村が旧箱根であることを考えると、お湯は温泉なのかもしれない。

村の家には、昭和を思わせるダイヤル式の黒電話もあり、未来の先の滅亡と古い時代への郷愁が同時に漂っている（第3村は旧箱根であるが、その風景の多くは、天竜浜名湖鉄道、天竜二俣駅付近がモデルになっているようで、映画のエンディングクレジットに「ロケーション協力」として「天竜浜名湖鉄道」の名がある）。第3村は未来の理想郷を思わせる温かい共同体でもあり、制服や変な規則のある学校はないようだが、エヴァ搭乗用のプラグスーツ姿の名前もない仮称アヤナミレイでも自由に通えるような塾かフリースクールかボランティアによる学習支援会のような学びの場もある。

理想郷と言っても、自然の中に突然現れた桃源郷ではなく、ネルフに反旗を翻したいわば反乱軍であるヴィレや、そのヴィレが立ち上げた支援組織であるKREDIT（クレーディト）によって保護され、食糧の配給を受けながら生活を維持している人々の共同体であり、シンジたちが訪れるまでには、数々の苦労があったことも示唆される。農業を基盤とする食料生産を行っているが、かつては、食料不足で苦しんだ時期や、それゆえの盗難などもあったかもしれない。トウジは、シンジに、「家族のためには、お天道様に顔向けできんようなこともした」と語り、「分配長、あんたが気に病むことないで」という寝言を言う場面も出てくる。

第三作『ヱヴァンゲリヲン新劇場版：Q』で、突然、十四年後の世界に飛んでしまったこと、にもかかわらずシンジたちが十四歳のままでいたことも、この第3村を描くためだったのかと初めて納得できるのがこの第3村の場面であり、シンジたちがヴィレの戦艦、ヴンダーに戻った後のシーンには、ヴンダーの艦長のミサトがKREDIT（クレーディト）の独立運営を承認して電子署名をする場面もある。

第3村の図書館（電車の車両を利用したもの）の壁には、『となりのトトロ』（一九九八年公開の宮崎駿監督によるアニメ映画）のポスターが貼ってあり、『となりのトトロ』へのオマージュと思われるが、第3村の美しさは、『となりのトトロ』に描かれる山里や森の自然の美しさとは、微妙に違っている。『となりのトトロ』で描かれる美しい風景は、過去の日本の風景としてとらえることができるものだが、第3村の風景は、未来の滅亡の危機の中に辛うじて残っているはかない世界であり、その美しさは、ある意味では、アニメ映画『クレヨンしんちゃん　嵐を呼ぶモーレツ！オトナ帝国の逆襲』（原恵一監督、二〇〇一年）で描かれる夕日町の美しさに近いかもしれない。すでに、その存在を認められることもない夕日町は、現代を認めない秘密結社「イエスタデイ・ワンスモア」によって作られたはかない虚構のような世界であり、実際、しんちゃんたち、未来ある健全な子どもたちによって、否定されてしまう。そして、決して認められないそのはかなさ故に、それは、ひたすら美しい。もちろん、第3村には、未来への希望のメッセージが込められていて、『オトナ帝国』の中の夕日町と似ているなどという筆者の指摘に違和感を覚える読者も多いかもしれないが、作品全体の中での位置づけとか、作者からのメッセージなどとは無関係に、はかなさゆえの美しさを感じるということは記しておきたい。

滅びと表裏一体でアンバランスな危うさを感じさせるほどの美しさという点で、第3村の風景は最も『エヴァ』的な風景であり、『エヴァンゲリオン』が二十年以上続いていたのはこの風景を描くためだったのかと思わせるほどだ。この第3村のシーンに比べたら、シンジがヴィレのヴンダーに戻って目覚めてからのシーンは、もはや、『エヴァ』を終わらせるための儀式に過ぎないとさえ思えるくらいだが、そこまでは言いすぎだろうか？

第3村のプレハブの仮設住宅のような平屋の建物の屋上には、太陽光パネルが設置されていて、村の丘にある風車は故障して動かないが、『ヱヴァンゲリヲン新劇場版：破』（二〇〇九年公開）では、かつての第3新東京市の風車が画面に映っていた。そして、その翌年の一月に十二週連続の予定で放送が始まったテレビアニメ『魔法少女まどか☆マギカ』でも、シリーズの前半から、街の風景にたくさんの風車が描かれていたが、放送終盤の三月に東日本大震災と原発事故が起こり、最終回の放送が延期されたという経緯がある。その原発事故で電力がひっ迫したさい、節電の呼びかけに使われた「ヤシマ作戦」という作戦名は、『エヴァンゲリオン』の中の大規模計画停電を伴う作戦名であり、この作戦で日本中のエネルギーを集めて敵である使徒の急所一点を砲撃するという作戦であり、『平家物語』に描かれる源平合戦の中で那須与一が扇の的の一点を射抜いた屋島合戦からとられた作戦名である。

『エヴァンゲリオン』のヤシマ作戦で、使徒への砲撃を担当したのが、初号機パイロットの碇シンジであり、シンジを使徒の反撃から盾で守ったのが、零号機の綾波レイである。作戦の直前、「これで死ぬかもしれないね」と言うシンジに、レイは、「あなたは死なないわ」、「私が守るもの」と言い、「綾波は、何故コレに乗るの?」と尋ねるシンジに、レイは、「絆だから……」、「——みんなとの」、「私には、他に何もないもの……」と答えた。作戦完了直後に、倒れた零号機のエントリープラグをこじ開けてレイの無事を確かめて泣くシンジに、レイは、「ごめんなさい……こういう時、どんな顔すればいいか、わからないの」と戸惑い、シンジは、泣きながら「笑えばいいと思うよ」と答え、レイの表情がゆっくり微笑みに変わっていった。このヤシマ作戦は、もともとは、『新世紀エヴァンゲリオン』第六話「決戦、第3新東京市」の名場面であり、綾波レイの人気を決定的にしたシーンと言ってよいだろうが、『ヱヴァンゲリヲン新劇場版：序』にもほとんどそのまま登場していて、新劇場版の世界であっても、これを描かなければ『エヴァンゲリオン』ではないと言えるほどの名場面である。

第3村の話に戻る。エヴァンゲリオンに乗ること以外に自分の居場所が見つけられずに、孤独なまま、さらに重荷を背負って、十四歳のままでいた少年シンジと少女アスカは、この第3村で、十四年後のクラスメートたちに出会うことで、自分たちの新しい可能性を感じ始める。それが、この第3村のシーンであるが、これは、別々の年代の七人が、それぞれの中学生時代の世界から中学生の姿で時空を超えた鏡の城で出会う『かがみの孤城』の世界と比べると、ある意味で逆の出会いである。

『かがみの孤城』の安西こころは、鏡の城で、現実世界でも会うことになる重要な人物の十四年前の姿に出会うが、『シン・エヴァンゲリオン劇場版』のシンジは、第3村で、クラスメートだった鈴原トウジの十四年後の姿を見る（シンジが十四年後の世界にはいってしまう『ヱヴァンゲリヲン新劇場版：Q』の公開は二〇一二年、『かがみの孤城』単行本で安西こころと重要な少女の世界の十四年のずれが示されたのは二〇一七年、シンジが第3村にたどり着く場面が描かれる『シン・エヴァンゲリオン劇場版』の公開が二〇二一年）。

この前代未聞の不思議な世界である第3村は、鏡を通ったりしなくても、破壊された街をさまよい歩いてたどりつける場所であり、十四年前の世界から確かに続いている世界であるが、その世界での物語の中でも、特に、印象的なのは、四部作の第二作『ヱヴァンゲリヲン新劇場版:破』(二〇〇九年)のラストで初号機の中に取り残されたまま救出不可能な状態になっている零号機パイロット、綾波レイにそっくりな、もうひとりのレイ、仮称アヤナミレイ(別レイ)の物語だった。

綾波レイならどうするの?

綾波レイは、ネルフとその司令、そしてシンジの父である碇ゲンドウが、ゲンドウの亡き妻、碇ユイに似せて作りだした、いわばクローン人間であり、ゲンドウにとっては、事故でエヴァンゲリオン初号機の中に取りこまれてしまったユイとの再会を目指してすべての人類の魂をひとつにまとめて新たな生命体に進化(神化)させるという人類補完計画というとんでもない計画の実現のための存在である。

レイにはいくつものコピーが用意されていて、『ヱヴァンゲリヲン新劇場版』シリーズでは、アヤナミシリーズとかアヤナミタイプなどと呼ばれてもいる。四部作の第一作と第二作で、シンジたちとの絆を結んだ綾波レイは、そういうアヤナミシリーズのひとりだったというわけだ。その綾波レイが、第二作のラストで、人類の敵である使徒との捨て身の戦いに挑んで、シンジが乗っていたエヴァンゲリオン初号機の中に閉じ込められて救出不可能となってしまった後、第三作『ヱヴァンゲリヲン新劇場版：Q』で、十四年後に目覚めたシンジの前に現れたもうひとりのコピーである別のレイが、仮称アヤナミレイである。

彼女には、最後までとうとう名前がつかなかったが、第3村では、「そっくりさん」とか「名無しさん」と呼ばれる。映画のパンフレットでは、声優（林原めぐみ）の役名として「アヤナミレイ（仮称）」と表記され、『ヱヴァンゲリヲン新劇場版：Q』のブルーレイディスクに映像として収録されているアフレコ台本等では「別レイ」と記されている。その仮称アヤナミレイは、当初、命令にないことは自分では決められず、「わからない。綾波レイならどうするの？」と尋ねたりしていたが、第3村で出会った鈴原ヒカリや村人たちとの暮らしの中で、少しずつ変貌していく。

ネルフで命令を待つだけの存在だった仮称レイが、シンジについて第3村にやってきたとき、人ごみも猫の姿も初めてで、何を見ても驚くばかりだったが、中でも興味を持ったのが、鈴原夫妻のあかちゃんのツバメちゃんだった。母親のヒカリがツバメちゃんに授乳するところを見て説明された仮称レイは、自分の胸に手をあてるが、「あなたには、まだ無理よ」と言われて、どうしてよいかわからず、「わからない。綾波レイならどうするの？」と尋ねる。ヒカリに、「あなたは綾波さんとは違うんでしょ？　だったら、自分で思ったことをすればいいの」と言われ、「違っていいの？」と答える。

結局、仮称アヤナミレイは、ツバメちゃんをおぶったりして子守りをすることを始め、ツバメちゃんは、ヒカリが驚くほど仮称アヤナミレイになついて、仮称アヤナミレイは、自分の新しい可能性に気づき始める。彼女は、図書館で本を探して、ツバメちゃんの子守りをしながら読んだりするようにもなる。また、その図書館で、落としたじゃがいもを村の子どもに拾って返してもらったことで、「落としたものは返す」ということを教わり、第3作『ヱヴァンゲリヲン新劇場版：Q』のラストで拾ったシンジが落とした携帯音楽プレイヤー、S－DATをシンジに返そうとする（そのときには閉じこもっていたシンジに拒否されたが、後にこのS－DATはとうとうシンジのもとに返され、映画の終盤では、シンジから、元の持ち主であったシンジの父、碇ゲンドウに返される）。

村のおばさんたちと一緒に田植えの仕事を始めた仮称アヤナミレイは、よく働いたごほうびとして村の子どもから新鮮な野菜を受け取ったときに、「こんなとき、何て言えばいいの？」と子どもにたずねて「ありがとう」という言葉を教わる。田植えが「命令」ではなく「仕事」というものだと知った仮称レイが「仕事」という言葉の意味を質問すると、村のおばさんが、考えながらも「みんなで汗水垂らすってことかね」と教えてくれる。

仮称アヤナミレイは、村の子どもの姿を見て、握手を知り、ヒカリから「仲良くなるためのおまじない」と、その意味を教わる。そして、失意から心を閉ざしているシンジのもとへ通い続け、手を差し出して、握手を求める。まだ落ち込んでいたシンジは、その握手に答えられなかったが、仮称アヤナミレイがシンジのために置いていった栄養食をレイが帰った後で食べるなど、仮称アヤナミレイを受け入れていく。シンジが「なんでみんなこんなに優しいんだよ」と泣く場面もあるが、これは、彼の『新世紀エヴァンゲリオン』での「僕に優しくしてよ」という叫び声と対になっているような台詞だ。

仮称レイは、命令がなくても生きている自分に気づくが、やがて、腕のアラームが、彼女の定めを思い出させる。「私は、ネルフでしか生きられない」。しかし、その実質的な帰還命令に、彼女は従わない。そして、それまで着替えようとせず、ずっと、ネルフにいたときと同じ、エヴァ搭乗用のプラグスーツを着ていた仮称アヤナミレイは、とうとう、村のおばさんたちに促されて、セーラー服に着替える。「かわいい」と言われ、「これが『照れる』？　これが『恥ずかしい』？」と、感情を表す言葉を覚える仮称レイ。そして、仮称レイに、別れのときが近づく。からだの異変に気づいた仮称レイは、もう、これ以上生きられないことを悟り、初めて涙を流す。

この涙のシーンは、『新世紀エヴァンゲリオン』第弐拾参話での、二代目の綾波レイがシンジを守るように自爆することを決意する直前のシーンとよく似ている。そして、初めて見る涙に、「これが、涙？　泣いてるのは、私？」とつぶやいた『新世紀エヴァンゲリオン』第弐拾参話の綾波レイと同様の言葉が仮称アヤナミレイの口から出る。あのときは使徒との戦闘シーン、今回は静かな村の夜の家の中。あのときはプラグスーツ、今回はセーラー服。このシーンのためにセーラー服を着たかのような仮称レイ。服や背景が真逆になっても『エヴァ』が描く心は同じだった。「涙？　泣いてるのは、私？」、「これが、『さびしい』？」

『新世紀エヴァンゲリオン』で、レイに「さびしい」という感情を教えたのは、レイと同じように孤独だった使徒だったが、『シン・エヴァンゲリオン劇場版』では、第3村でレイが見つけた居場所でシンジやヒカリやツバメちゃんや村人たちと結んだ絆が、彼女にその感情を教えた。『新世紀エヴァンゲリオン』では、「さびしい→涙→別れの決意」という不思議な順番で、「涙が流れたから別れましょう」というような、歌の歌詞にでも出てきそうな順番で、それは、神秘的なレイにふさわしい描かれかただった。それに対して、『シン・エヴァンゲリオン劇場版』では、「別れの決意→涙→さびしい」という、物語から自然に導かれる人間的でわかりやすい順番になっていて、「神秘のレイ」に対して「共感のレイ」とでも言えるような人間的な仮称レイが描かれている。

翌朝、ヒカリの家を出てシンジのところにやって来た仮称アヤナミレイは、シンジに言った。「ここじゃ生きられない。けど、ここが好き」、「ツバメ、もっと抱っこしたかった」、「好きな人とずっと一緒にいたかった」。そして、「さよなら」と言い残して消えてしまうレイ。レイが消える直前に、黒い色から、あの懐かしい綾波レイのプラグスーツと同じ白い色に変化したプラグスーツが残され、それを抱くシンジ。電話口でうろたえるヒカリ。その背中で大泣きする娘のツバメ。『エヴァンゲリオン』の中で二十五年間泣き続けてきたシンジだったが、これ以降には、シンジが泣くシーンはない。ネルフ本部には、淡々と響く冬月副指令の声……「アヤナミタイプナンバー6は、無調整ゆえ、個体を保てなかったようだ」……。

ヒカリの家には、丁寧にたたまれたセーラー服と、「さよなら」と書かれたレイの置き手紙が残されていた。言葉の意味を教えたのはヒカリだった。「『さよなら』って?」と、その言葉の意味を問う仮称アヤナミレイへのヒカリの説明は、「また会うためのおまじない」だった。

居場所を与えて

人類の敵とされる使徒という謎の生命体との戦いの陰で「人類補完計画」というわけのわからない計画を進めるネルフという組織の中で、ただ、命令に従うしか生きる道がなかった仮称アヤナミレイが、シンジについて行ってたどり着いた第3村で新しい居場所を見つけたのと同じように、今ではネルフと対立する組織、ヴィレに所属し、ヴィレの戦艦、ヴンダーから脱走したシンジの監視役としてシンジに同行していたアスカもまた、第3村での体験から、自分の新しい可能性に気付いていく。

『新世紀エヴァンゲリオン』の惣流アスカと違って、新劇場版シリーズの式波アスカは、レイと同じように、人類補完計画のためにネルフによって生み出された孤独な少女、シキナミタイプのひとりだった。彼女は、第二作『ヱヴァンゲリヲン新劇場版：破』でエヴァンゲリオン3号機に搭乗したときに、人類の敵とされる使徒に浸食され、それ以来、体内に使徒の力を宿していて、その力を封印するために、眼帯で覆われた左目の中に封印柱が入れられている（このことは、『シン・エヴァンゲリオン劇場版』の終盤で明かされる）とはいえ、彼女を危険視し、暗殺しようとする者がいる可能性を感じているようだ。彼女の首に装着されているDSSチョーカーは、覚醒リスクへの備えのようにも見えるが、アスカを危険視する者はヴィレの内部にもいるかもしれないし、アスカはヴィレの重要な戦闘員であるため、ネルフ側からも狙われていて当然だろう。彼女は、かつての同級生であるケンスケの家にかくまってもらっていて、あまり外に出ず、仮称アヤナミレイが訪ねてきたときには、それが仮称アヤナミレイだとわかるまで、その物音に怯えて、銃を構えて警戒するほどだった。

そんな彼女にとって、かつての同級生であるケンスケが、事情を知った上で自分を信用してかくまってくれるということは、大きな出来事だっただろう。もしかするとケンスケは、ミサト直属のヴィレの秘密隊員のような存在だったのかもしれない。ヴンダーの艦長であるミサトからの要請を了承し、危険を承知で、アスカをかくまっているのだろう。後に、アスカがヴィレのヴンダーに戻るときに、ケンスケは、「ミサトさんから頼まれていた」と言って村の写真をアスカに託し、アスカがその写真を鈴原サクラに渡すさいには「担当者が撮影した第3村の記録」と説明する。

ミサトに渡った写真には、シンジが村にいるミサトの子どもと一緒に写っている写真もあり、ミサトはシンジにDSSチョーカーが装着されていないことも承知している。DSSチョーカーという首輪のような物は、エヴァ搭乗を禁じられているシンジが、万一エヴァに登場し、エヴァの危険な覚醒を招くような事態になった場合、シンジを殺害するための物である。ヴィレの内部でのアスカの公の任務を考えれば、アスカには、シンジにDSSチョーカーを装着させるという任務もあったかもしれないが、彼女は、シンジがヴィレに戻るという決断をするまで、シンジにDSSチョーカーをつけようとしない。これは、彼女の危険を高めていたかもしれない。

アスカは、シンジの心への配慮をしているようでもあり、ミサトもそれを認めているのだろう（DSSチョーカーには、シンジに不信感を抱くヴィレの一部のメンバーを説得するためのミサトの道具という側面もあるだろう）。ケンスケは、ミサトと彼女の恋人、加持リョウジや彼らの息子（名前は父親と同じ加持リョウジ）に関する秘密も詳しく承知していて、ミサトからの信頼の高さもうかがえる。そして、そのケンスケに保護されたアスカは、苦悩するシンジを気遣い、食事をとらないシンジに無理やり栄養食を食べさせたり（少々乱暴なアスカ流のやり方ではあるが）、ネルフの外では長く生きられないはずの仮称アヤナミレイを気遣い、シンジに「初期ロット（仮称アヤナミレイのこと）、ちゃんと動いてる？」とたずねたりもしていて、彼らとの間に結ばれつつある絆もうかがえる。

アスカは、仮称アヤナミレイに、「あんたたちアヤナミリーズは、第3の少年（綾波レイ、式波アスカに続いてエヴァンゲリオンパイロットに選ばれた碇シンジのこと）に好意を持つように調整されてる」と告げるが、仮称アヤナミレイが「でもいい」、「よかったと感じるから」と答えると、シンジの居場所を教え、その後、ふたりの姿を、何度も陰から見ていたりもする。

こうした体験の中で、アスカは、自分の新しい可能性を感じるようになり、映画の終盤でシンジに救出されたとき、「私に居場所を与えて」と思っていたこれまでの自分を振り返る。

孤独な少年少女の居場所だった『エヴァンゲリオン』は、終わってはいけなかったのかもしれない。しかし、いつかは、『エヴァンゲリオン』にも終わりが来て、もう、新しい『エヴァンゲリオン』が作られなくなるときがくる。だから、最後の『エヴァンゲリオン』である『シン・エヴァンゲリオン劇場版』では、とうとう、エヴァパイロットたちの、新しい世界での新しい居場所の可能性が示されるような物語が描かれたのだろう。

綾波は綾波だ

「十四年後」の世界で、十四歳のままなのが、もしシンジだけなら、竜宮城から帰ったばかりの浦島太郎の世界に似ているかもしれないが、同じエヴァパイロットのアスカも十四歳のままという、『ヱヴァンゲリヲン新劇場版：Q』から描かれてきたこの不思議な世界は、いったい何なのだろう？（シンジとアスカの成長が十四年間止まっていただけだと言ってしまえばそれまでだが）

十四年の眠りから覚めても、十四年前と同じ十四歳の姿のままであり、ヴィレの中でも、「仮称シンジ」と呼ばれることさえあるシンジは、本当のシンジだったのだろうか？　そして、『ヱヴァンゲリヲン新劇場版：序』と『ヱヴァンゲリヲン新劇場版：破』に登場していた綾波レイとそっくりなもうひとりのレイは、本当に、綾波レイとは違うのか？

第3村で、仮称アヤナミレイは、自分に名前を付けて欲しいとシンジに頼むが、シンジは、とうとう新しい名前を思いつかず、「綾波は綾波だ」と言う。仮称アヤナミレイは、考えてくれてうれしいと答えるのだが、その直後に消えてしまった仮称アヤナミレイの第3村での体験を、初号機の中に閉じ込められていた綾波レイが知っていたことが、映画の終盤で示唆される。

人類の滅亡につながるゲンドウの人類補完計画をシンジが阻止して、初号機の中の綾波レイを救出しにやってきたとき、その場面を表現するイメージの世界で、綾波レイは、ボロボロの出来損ないのような人形を抱えていた。そして、その人形には「つばめ」と書かれていた。「私はここにいる」と言っていた綾波レイは、「もうひとりの君は、ここことは別の居場所を見つけたよ」と話して新しい世界への旅立ちを促すシンジの話を受け入れる。

「つばめ」と書かれた人形を、ボロボロになるまで抱いていた綾波レイは、初号機の中で、あの仮称レイが第3村で体験していたことを、そのまま夢に見ていたのかもしれない。第3村にやってきた仮称アヤナミレイの体験は、綾波レイが見ていた夢の世界そのものだったのではなかったのか？　かつて初号機に取り込まれてしまうとき、「私はここでしか生きられない」と言っていた綾波レイは、第3村でのレイの体験によって、新しい自分の可能性に気づき、そのことで、とうとう、閉じ込められていたエヴァの中から解放されたのではないか？　虚構の中の虚構のような第3村が、綾波レイの新しい現実につながっていた。そんな風に思える結末だった。

終盤でシンジがアスカを救出するときのイメージシーンでも、赤い海の浜辺に横たわるアスカの傍らに現れるシンジに、アスカは、「私、寝てた？」と問いかけ、まるで、あの第3村の世界などが、アスカにとっても夢の世界であったかのようだ。そして、かつて『新世紀エヴァンゲリオン』のラストの浜辺のシーンでアスカの首を絞めたシンジの「ありがとう。僕を好きだと言ってくれて」、「僕もアスカが好きだったよ」という台詞や、『新世紀エヴァンゲリオン』のラストで「気持ち悪い」と言ったアスカが顔を赤らめて横を向いてしまうシーンは、かつての『新世紀エヴァンゲリオン』のラストとは対照的なシーンで、これも印象的だ。

あの不思議な第3村の世界を、もし「夢」と呼ぶなら、そう呼ぶことも許されるのだろう。シンジが、ゲンドウの補完計画を阻止して、エヴァのない世界を作ることを決意し、アスカやレイを救出した後、すべてのエヴァンゲリオンを処分し、さらに青い色に戻った水の中から8号機で活躍していたマリが戻ってきた後、突然、場面が切り替わる。最後に、大人になったシンジのような青年が現れるが、その直前、眠っていたシンジがハッと目覚めるような短いカットが、ほんの一瞬画面に現れ、まるで、それまでの世界が夢だったと語っているようにも見える（『エヴァンゲリオン』の中では、シンジがハッと目覚めるシーンは、他にもいくつもあるが）。そして、仮に、本当に夢だったのだとしたら、いったい、どこからが夢だったのだろう？ 第3村だけ？ それとも、『ヱヴァンゲリヲン新劇場版:Q』で十四年後に飛んだところから？ あるいは、新劇場版全部？ もしかして、『エヴァンゲリオン』全部？ そして、もし、そうなら、夢とは？

『新世紀エヴァンゲリオン』の完結編『THE END OF EVANGELION』の終盤では、シンジとレイの心の対話の中で、「僕の夢はどこ？」と問うシンジに、レイは「それは現実の続き」と答えた。そして、さらに、「僕の現実はどこ？」と問うシンジに、レイは、「それは、夢の終わりよ」と答えた。夢が終わるのは、夢に続く現実に出会うためということだろう（二〇〇一年に出版した『エヴァンゲリオン解読　そして夢の続き』の書名は、この問答の中の台詞から命名したものである）。そして、『シン・エヴァンゲリオン劇場版』のタイトルをよく見ると、『シン・エヴァンゲリオン劇場版:||』。最後には、音楽の楽譜の反復記号がついていたのだ。

『新世紀エヴァンゲリオン』の最初のほうで、路上に初めて綾波レイの姿が現れるのをシンジが見るものの、その姿は一瞬で消え、白い鳥たちが飛び立つシーン（『ヱヴァンゲリヲン新劇場版：序』のはじめのほうにも同様のシーンがあるほか、『シン・エヴァンゲリオン劇場版』の第3村シーンでの家出中のシンジの前に仮称アヤナミレイが登場する場面にも同様のシーンがある）は、夢の出現と消滅の象徴のようでもあり物語の始まりの象徴のようでもあるが、『シン・エヴァンゲリオン劇場版』のラストの駅のシーンでのあのときのように、鳥たちが飛び立つシーンも見逃せない。

虚構と現実

『シン・エヴァンゲリオン劇場版』には、ほかにも虚構と現実との関係を問うような場面がある。たとえば、終盤でのシンジとゲンドウの直接対決を描くイメージシーンの背景に注目したい。南極で始まったはずの対決であるにもかかわらず、エヴァ対エヴァの対決シーンの背景には、シンジの記憶の世界が次々と現れるのだが、そこで現れる第3新東京市の街は、明らかに特撮のためのミニチュアセットであり、家や建物が不自然な軽さで床の上を動き、強い虚構感が表現される。ここには明らかに撮影現場が表現されていて、直接描かれていなくても、映画の制作者が画面の中にはいっているようなものである。この終盤のシンジ対ゲンドウの直接対決の舞台は、人間には通常の認識ができず、過去の記憶によって間接的に認識できるだけという「マイナス宇宙」なので、シンジの記憶の世界を再構成して様々なイメージシーンを登場させることのできる「なんでもあり」の世界とも言える。

大詰めで、シンジが綾波レイを救出する場面で、ふたりが立っているのは、ケンスケの家を思わせるようなシャッターのある簡素な部屋だが、その壁には、『新世紀エヴァンゲリオン』の映像が映写機で映し出されている。レイに「新しい世界」への旅立ちを促すシンジの言葉を受けてレイが口にする「ネオンジェネシス」という言葉は、単なる「新しい世界」という意味にとどまらず、『新世紀エヴァンゲリオン』の英語タイトル『NEON GENESIS EVANGELION』の「NEON GENESIS（ネオンジェネシス）」でもあり、この映写室には、『エヴァンゲリオン』の観客もはいっているかのようだ。

シンジが綾波レイを救出するときのイメージシーンの背景は、カメラや照明機器のある簡素な撮影スタジオのような部屋で、第3村のケンスケの家やトウジの診療所のイメージにも重なる質素な感じのものだが、アスカが持っていた人形の着ぐるみを着たケンスケの姿も、このシーンに、一瞬、現れる。この少し前の、アスカが救済されるイメージが描かれる場面では、幼いアスカの前に、アスカが持っていた人形が大きな姿で現れ、中からケンスケの姿が現れて、幼いアスカの頭を撫でるシーンがあるが、そのシーンを演じたケンスケが、レイの救済シーンの映写室に立ち会っているようなイメージであり、『エヴァンゲリオン』の登場人物が、『エヴァンゲリオン』の制作者と一緒に映像の中にはいっているかのようだ。また、アスカにとっては、十四年後の世界を旅したことの意味について、大人になったかつてのクラスメートから、自身が幼いときに愛情を与えられずに空白になっていた心を埋めてもらうためだったという意味もあるということが示唆されるような終盤である。

虚構の中に現実がはいりこんでいるような描き方は、『新世紀エヴァンゲリオン』の完結編『THE END OF EVANGELION』（一九九七年夏公開）の終盤で、実写による映画館の客席の映像を画面に登場させる描き方などにも見られたものである。そのときの実写映像は、一九九七年春に公開された映画『シト新生』の新宿ミラノ座での上映のさいに撮影されたもので、そのミラノ座が閉館するさいの二〇一四年十二月のラストショーでも『THE END OF EVANGELION』が上映された（余談だが、筆者にとっては、そのときの鑑賞が、『THE END OF EVANGELION』の映画館での十三回目の鑑賞だった）。

このように、虚構の中に現実がはいりこんでいるような描き方は、『劇場版　魔法少女まどか☆マギカ〔新編〕叛逆の物語』（二〇一三年）でも顕著であり、そこでは、冒頭で映画館への道が示され、スクリーンが描かれ、カウントが現れてから映画の物語が始まり、ラストの「終劇」も、スクリーンの中のスクリーンに映されているように、昔の映画のスクリーンのようなチカチカとした光まで描かれている。

こうして『魔法少女まどか☆マギカ』へと受け継がれた虚構と現実の関係を問う姿勢は、さらに『かがみの孤城』にも受け継がれ、そこでは、虚構の世界の意味が、いっそう力強く描かれることになる。

『エヴァンゲリオン』を、『魔法少女まどか☆マギカ』や、小説『かがみの孤城』と比べると、とても興味深いことが見えてくる。『シン・エヴァンゲリオン劇場版』では、『魔法少女まどか☆マギカ』の中で使われた「円環の理（えんかんのことわり）」を連想させる「円環の物語」という言葉が登場したり、「希望と絶望のバランスは差し引きゼロ」という『魔法少女まどか☆マギカ』の中の台詞を連想させるように、希望の初号機と絶望の13号機の対決で、完全な均衡ゆえに、初号機が13号機に勝てなかったりする。同様に、希望の槍カシウスが絶望の槍ロンギヌスに勝てないといった場面が出てきた末に、もうひとつの創造で生まれたガイウスの槍が決着をつけ、さらに新しい世界の可能性が示された。

『シン・エヴァンゲリオン劇場版』は、かつて、『エヴァンゲリオン』の強い影響を受けて生まれたと思われる『魔法少女まどか☆マギカ』や、さらに、その『魔法少女まどか☆マギカ』に代表されるアニメとの関係を考えると興味深く見える小説『かがみの孤城』が追求した現実の相対化を、『エヴァンゲリオン』自身も追及し続けていたことを明確にする、そんな完結編だったと言えるだろう。

円環を創る者

『魔法少女まどか☆マギカ』で、時間遡行によりパラレルワールドを次々と作り出していたのは、暁美ほむらだった。彼女は、鹿目まどかを守るために魔法少女になり、時間遡行の魔術により、何度もまどかとの出会いをやり直し、そのたびに新しいパラレルワールドを繰り返し、失敗を重ね、ひとりで記憶をため込み、孤独感を深めていった。そして、終わりのない「円環」の物語の繰り返しに、まどかが「円環の理」となって終止符を打つと、それにより世界から失われてしまったまどかを取り戻すため、ほむらは、偽の世界を作り出してまでまどかと出会い、その偽の世界からのほむらの救済のためにやってきたまどかを捕まえて、再びまどかのいる世界を作り出す。

つまり、『魔法少女まどか☆マギカ』の中では、虚構の中の創造主は暁美ほむらであり、孤独な少女として描かれているのもほむらである。そしてこのことは、現実と対等以上の虚構の世界の創造というテーマを明確にする一方、孤独な少年少女の物語という作品の性格のほうは、『エヴァンゲリオン』や『かがみの孤城』に比べて見えにくくしている。『エヴァンゲリオン』では、シンジ、レイ、アスカという三人の主要なエヴァパイロットが、そろいもそろって孤独な少年少女の代表のようでもあり、『かがみの孤城』で鏡の城に集まる中学生たちも同様だ。それが、『魔法少女まどか☆マギカ』では、ほむら一人に孤独が集中してしまっている。では、『エヴァンゲリオン』や『かがみの孤城』の中の虚構の世界の創造主はどうなっているのだろう？

『かがみの孤城』では、鏡の城を作ったのは、一応、ミオであると言ってよいだろう。もちろん、神様にお願いして作ってもらったわけではあるが、ミオがいなければ城は生まれないし、誰もそこに招待されることはない。しかし、ミオの「創造」は、アキとの出会いがなければ生まれない。そして、アキとミオとの出会いは、城でのこころとアキとの出会いがなければ生まれなかったであろう。ここでは、時間ではなく、因果律そのものが「円環」を形成しており、こころもアキもミオも、世界の創造に欠かせないキーパーソンになっている。病死によって「この世」から超越した存在になっているミオには、他のメンバーにはない記憶があるが、城を含め、世界の創造主がミオひとりというわけではない。

では、『エヴァンゲリオン』ではどうだろう？

『エヴァンゲリヲン新劇場版：序』で渚カヲルが登場するとき、彼は、シンジのことを「また三番目とはね」と言い、シンジが『新世紀エヴァンゲリオン』でレイ、アスカに続いて三人目に選ばれたエヴァパイロットとして「サードチルドレン」と言われていたのと同じく、『エヴァンゲリヲン新劇場版』の世界でも、また、同じように「第三の少年」となっていることを指摘し、自らが、『新世紀エヴァンゲリオン』の世界を知っている特別な存在であることを示唆している。

また、カヲルは、『ヱヴァンゲリヲン新劇場版：破』では、シンジについて、「今度こそ、君だけは幸せにしてみせる」とも言っている。

また、『ヱヴァンゲリヲン新劇場版：破』で、ネルフの司令官である碇ゲンドウと副指令の冬月コウゾウが、月面でのゼーレによる新しいエヴァの建造の偵察中にカヲルを目撃したときには、彼らにカヲルが何者かわからなかったように見えるのに対して、カヲルのほうは、「はじめまして、おとうさん」と言っていて、ゲンドウたちを一方的に知っているということが示唆されている。

こう考えると、後に生まれた『魔法少女まどか☆マギカ』の中で、パラレルワールドを作り出した暁美ほむらだけが別のパラレルワールドの記憶を持っていることから、『ヱヴァンゲリヲン新劇場版』の世界でも、『新世紀エヴァンゲリオン』とは別の『ヱヴァンゲリヲン新劇場版』の世界は、シンジに幸せを与えるためにカヲルが作り出したパラレルワールドなのではないかと考えたファンは多いかもしれない。だが、『魔法少女まどか☆マギカ』は、『ヱヴァンゲリヲン新劇場版：破』よりも後に誕生しているのであり、『ヱヴァンゲリヲン新劇場版』が、『魔法少女まどか☆マギカ』の影響のもとに生まれたわけではないということには注意すべきだろう。『ヱヴァンゲリヲン新劇場版：破』で、カヲルが、シンジについて、「今度こそ、君だけは幸せにしてみせる」と言ったのが二〇〇九年、『魔法少女まどか☆マギカ』テレビシリーズ第十話でのほむらのまどかについての「あなたのためなら、私は永遠の迷路に閉じ込められても構わない」という台詞は二〇一一年である。

また、時間遡行によるパラレルワールドの創造者が、元の世界の記憶を持つという仕組みなら、かなり古い作品、たとえば、小説『時をかける少女』（筒井康隆作、角川文庫版は一九七六年）でラベンダーの香りを嗅いで時間遡行の能力を身につけた芳山和子の場合もそうであり、また、ずっと新しい作品、アニメ映画『打ち上げ花火、下から見るか？　横から見るか？』（新房昭之監督、大根仁脚本、二〇一七年）で「もしも玉」（この言葉は、大根仁著による小説版に出てくる呼び名だが）を投げて時間遡行を実行する島田典道の場合も、記憶がはっきりしない場面はあるものの、時間遡行前の記憶から新しい世界での未来を予測できるという場面が描かれるので、パラレルワールドの誕生前の別の世界の記憶を持つ人間が登場すると、その人物がパラレルワールドの創造者ではないかと疑いたくなるのは、ある意味では当然かもしれない。

しかし、『シン・エヴァンゲリオン劇場版』では、終盤で、意外なことが判明する。

直接認識することができない、イメージの世界とも言うべきマイナス宇宙で、シンジの父、碇ゲンドウが自分の人類補完計画について、シンジに説明する場面だ。すべての人類の魂をひとつにまとめて、「貧富も差別も争いも虐待も苦痛も悲しみもない、浄化された魂だけの世界」を作るのだと説明するゲンドウは、それを、「おまえが選ばなかった」世界と表現した。

『新世紀エヴァンゲリオン』でも、ゲンドウは、まったく同じ人類補完計画を画策し、初号機の中に消えてしまった妻ユイとの再会を果たそうとしていたが、他人がいなければ自分もいないのと同じだと感じたシンジによって否定され、人類補完計画は失敗に終わっている。そして、『新世紀エヴァンゲリオン』の世界で果たせなかった人類補完計画にもう一度挑戦しようとしているのが碇ゲンドウであることがこの場面ではっきりし、何よりも、カヲルだけでなくゲンドウが、『新世紀エヴァンゲリオン』の世界を知っていることがここで判明する。そして、そうであれば、パラレルワールド創造の動機がはっきりしているゲンドウこそが、このパラレルワールド、『ヱヴァンゲリヲン新劇場版』の世界の創造者である可能性が急浮上する。

かつて、筆者は、『新世紀エヴァンゲリオン』の解釈本『エヴァンゲリオン解読』（単行本＝二〇〇一年、文庫版＝二〇一〇年、文庫版タイトル＝『完本 エヴァンゲリオン解読』）の第八章の中で、『新世紀エヴァンゲリオン』の中の使徒について、ゲンドウや彼の背後にある秘密組織ゼーレのキール議長などの使徒に対する恐怖心を指摘しながら、「ゲンドウやキールの恐怖心が具現化したもの」（文庫版二一八頁）、「ゲンドウたちの妄想の産物」（文庫版二二一頁）と見る解釈を提示したが、『ヱヴァンゲリヲン新劇場版』の世界については、これこそ、ユイを取り戻したいというゲンドウの強い執念によって作られたパラレルワールドであるという解釈にふさわしいと言えるかもしれない。

『新劇場版』の世界でもゲンドウの補完計画が否定されたとき、イメージの世界で、カヲルはシンジに、今回の補完計画の中心はゲンドウであると明言し、自分がそれを引き継ぐと言う。パラレルワールドを作る能力を持つカヲルは、ゲンドウの後を継ぎ、今度は、シンジが幸せになるための世界を作りたいということだろう。しかし、ここで、かつてニアサードインパクトを命と引き換えに止めた加持リョウジのイメージが現れ、カヲルの願いはあくまでカヲル自身の願いであってシンジの願いではないと指摘する。シンジも、すでに第3村での体験等を通して自分の生きる意味を見出していて、それを感じたカヲルは、「彼（シンジ）に引き継いでもらったら」、「葛城（ミサト）と、老後は畑仕事でもどうです?」という加持の言葉に納得した様子を見せ、加持の畑のイメージが現れる。

スクリーンには、かつて、『新世紀エヴァンゲリオン』第弐拾四話でシンジとカヲルが初めて出会った渚、夕暮れの湖岸の風景が現れ、シンジは、「思い出した」、「何度もここに来た」と話し、シンジにも、パラレルワールドの記憶があることが示され、シンジも、新たなパラレルワールドの創造主となる資格を持っていることが示唆される。そして、シンジは、カヲルを解放し、アスカ、そして、綾波レイをも解放し、エヴァンゲリオンがない世界を作ることを決意する。そして、「VOAGER〜日付のない墓標〜」（松任谷由実＝作詞・作曲、林原めぐみ＝歌）と、シンジの声での「さようなら全てのエヴァンゲリオン」という台詞が流れる中、エヴァンゲリオン初号機をはじめとする全てのエヴァンゲリオンが破壊されるイメージが現れる。そして、ハッと目覚めるようなシンジのカットの後、大人になったシンジのような青年が現れる宇部新川駅のシーンが『シン・エヴァンゲリオン劇場版』のラストシーンになる。

ゲンドウが作ったパラレルワールドは、カヲルではなく、シンジによって受け継がれた。彼らはみなパラレルワールドを作る資格を持っていて、パラレルワールドを思い出すこともできる存在だったと考えられる。終盤のイメージシーンの中の加持の台詞にもある、カヲルが「生命の書に名を書き連ねた」と言うことの意味は、こういうことなのかもしれない。もちろん、パラレルワールドの生成には、シンジと自分自身の運命を変えようとしていたカヲルの存在が深くかかわっていたのは確かだろう。月面に並んだ多数のカヲルの棺は、彼が、いくつものパラレルワールドを作りながら生き死にを繰り返していたことを象徴するものだろうし、そうして作られたパラレルワールドの中には、ゲンドウではなく、カヲル自身がネルフの司令となっていたものもあったかもしれない。実際、それが、カヲルの救済のイメージシーンの中のカヲルと加持との対話シーンで示唆されているようにも見えるが、パラレルワールドを作りうるのはカヲルだけではなかったようだ。

『かがみの孤城』では、アキは、自らが存在しないパラレルワールドを作る可能性を持っていたが、こころによって阻止された。だから、アキとこころは、ともに、パラレルワールドを作る能力、あるいは、それを阻止する能力を持っていたことになる。このように、虚構の中の創造者が複数存在するという状況は、『魔法少女まどか☆マギカ』でのパラレルワールドの創造者がほむら一人であったのとの大きな違いと言えるだろう。『魔法少女まどか☆マギカ』でのほむらは、まどかとの出会いをやり直したいという願いを叶えるために魔法少女となり、その目的のために、何度も時間遡行を繰り返し、そのたびにパラレルワールドを創出したが、『エヴァンゲリオン』と『かがみの孤城』では、特別な契約を交わした特別な者だけが世界を作るのではなかった。特別な契約を交わしたわけではないのに、こころはアキのいないパラレルワールドの出現を阻止し、シンジは、エヴァンゲリオンのある世界を閉じる決断をした。

『新世紀エヴァンゲリオン』では、他人の恐怖を感じて苦しんでいたシンジも、他人がいなければ自分がいないのと同じだと気づいて、個人の存在を否定する人類補完計画を拒否したが、『シン・エヴァンゲリオン劇場版』でも、その決断は同じだった。ゲンドウにとっても、自分がいなくなれば、ユイと合体しても、それがわからないだろう。それを最初に言ってしまってはおしまいなのだが、シンジによって人類補完計画が否定されたとき、初めて、ゲンドウにユイの姿が見えたというのは、そのことを表しているようだ。

ゲンドウの計画にとどめを刺すための槍がシンジに届いたときのゲンドウの台詞、「そうか。そこにいたのか、ユイ」とともに、ゲンドウが求めていたユイの姿が現れる。『新世紀エヴァンゲリオン』にはなかったゲンドウの弱さの告白によって、ようやく『エヴァンゲリオン』は完結した。ユイを愛するゲンドウは、この物語の影の主役だった。

「VOAGER～日付のない墓標～」（松任谷由実＝作詞・作曲、林原めぐみ＝歌）が流れる中、エヴァのない世界を作り、エヴァを消滅させることをシンジが決意したことで、ようやく、エヴァ初号機の中に閉じ込められていたユイも解放され、13号機に乗っていたゲンドウとともに旅立つことが示唆される。シンジの代わりにユイが乗る初号機とそれを抱えるように槍を突き刺す13号機のゲンドウの姿に、シンジは、「この時のために、ずっと僕の中にいたんだね、母さん」、「父さんは母さんを見送りたかったんだね」と言う。自らとともに初号機を槍で突き刺そうとしていたシンジを初号機の外に突き飛ばしてシンジの身代わりになったかのようなユイ。こうして、『新世紀エヴァンゲリオン』では描かれなかったユイの救済も描かれ、本当に『エヴァ』が終わるときがやって来る。

『エヴァンゲリオン』の物語の影の主役でもあるゲンドウには、いくつもの役割が重ねられているようだ。他人とのコミュニケーションに恐怖心を感じる孤独な人間の象徴的役割、表の主人公であるシンジの前に立ちはだかる存在、そして、もうひとつは、ユイとともにシンジやレイを見守る役割である。これは、一見、矛盾するような役割のようにも見えるが、『エヴァンゲリオン』が描くコミュニケーションのうち、親と子のコミュニケーションの比重がかなり高かったことを考えると、不思議なことではないのかもしれない。シンジやレイを見守る存在としてのゲンドウを象徴していると思われる台詞は、『シン・エヴァンゲリオン劇場版』の終盤、初号機が動き出す直前に、初号機の中の綾波レイに呼び掛けるように聞こえてくるゲンドウの「もういいのか?」という台詞だ。

思わず、「おまえのせいで十四年間も閉じ込められていたんじゃないか?」と、ツッコミをいれたくなるような台詞だが、この台詞は、『新世紀エヴァンゲリオン』の完結編『THE END OF EVANGELION』の終盤で聞こえてきたユイのシンジへの台詞「もういいのね」と対を成す台詞と言っていいだろう。

『ヱヴァンゲリヲン新劇場版:序』では、ゲンドウとユイの対話の音声が流れる部分で、ユイの「名前、決めてくれた?」という声に、ゲンドウが、「男だったらシンジ、女だったらレイと名付ける」と言っており(この対話は、株式会社カラー発行の『ヱヴァンゲリヲン新劇場版:序 全記録全集』に収録されている脚本では、冒頭におかれている)、この対話は『シン・エヴァンゲリオン劇場版』でも回想される。また、『ヱヴァンゲリヲン新劇場版:Q』では、ユイの旧姓が綾波であったことも明かされているので(『新世紀エヴァンゲリオン』では、ユイの姓は結婚前から碇であり、ゲンドウの旧姓が六分儀)、レイには、シンジと同様、ゲンドウとユイの子どもの象徴という役割も与えられているようだ。

補完計画発動の直前のミサトとの会話の中で「アヤナミとシキナミ型パイロットは、もとよりこのために用意されていたものだ」と発言しているにもかかわらず、一方で、レイを見守る父親のような役割も合わせ持っていたのがゲンドウだったということだろう。ミサトからシンジへ槍が届いて、自らの補完計画にとどめを刺されたときにも、ミサトの心を受け取ったシンジに、「大人になったな」と、シンジを見守る父親の言葉を発している。矛盾を抱えたゲンドウを象徴するような台詞と言えるかもしれない。また、最後まで大人になれなかった影の主役を愛すべき存在として送り出すために用意された台詞というようにも感じられる。

ゲンドウの計画を阻止するためのヴィレの槍について、ミサトのサポートをしたマリは、「世界をありのままに戻したいという意志の力で作り上げた槍」と言い、一見すると世界の改変を進める『魔法少女まどか☆マギカ』と対照的な保守的な結末のようにも見えるが、ゲンドウは、そのヴィレの槍の出現について、「世界を書き換える新たな槍」と表現しており、ゲンドウから見れば、ヴィレの行動もまた、世界の改変なのだ。

そして、マイナス宇宙でゲンドウがシンジにエヴァイマジナリーを見せたとき、それを、ゲンドウは、「現世には存在しない想像上の架空のエヴァ」、「虚構と現実を等しく信じる生き物、人類だけが認識できる」と説明し、巨大化したエヴァンゲリオンイマジナリーを、ヴィレのメンバー、リツコや、ミドリも見ている(『新世紀エヴァンゲリオン』のラストで巨大化したリリスが綾波レイに似ていたのに比べると、巨大化したエヴァイマジナリーは、どこか、「アンチ碇親子」の代表格である北上ミドリに似ているようにも見えるのだが、そんな風に見えるのは、筆者だけだろうか)。そもそも、ゲンドウの計画のシンジによる阻止は、シンジや、彼とミサトをサポートするマリがマイナス宇宙にはいることができたからこそであり、そのマイナス宇宙こそは、虚構の世界の象徴のような世界であろう。そう考えれば、『シン・エヴァンゲリオン劇場版』の結末もまた、『かがみの孤城』と同様、虚構の世界での行動が現実世界の運命を決定するという結末であり、そうした、「現実の相対化」という点では、やはり、『魔法少女まどか☆マギカ』に通じるものがあると言えるだろう。『エヴァンゲリオン』の影響を受けて生まれた『魔法少女まどか☆マギカ』によって前面に出てきた「現実の相対化」には、こうして、再び、『エヴァンゲリオン』によって、新しい命が吹き込まれたと言ってもよいだろう。

エヴァンゲリオンは、恐怖の象徴としての使徒と戦い、恐怖のない世界、つまり、他人のいない世界を作るために生まれたものだった。だから、他人のいる世界を受け入れる決断をしたシンジには、もうエヴァンゲリオンは必要ないということだろう。というより、最後の『エヴァンゲリオン』では、それを終える理由が必要だったということかもしれないが。

『新世紀エヴァンゲリオン』でも、『新劇場版』でも、『エヴァンゲリオン』の世界では、ATフィールドという言葉が、ひとつのキーワードになっていた。ATフィールド(ABSOLUTE TERROE FIELD)、すなわち「絶対恐怖領域」とは、使徒が持つバリアーのようなもので、これ故に、使徒を倒すことができるのは、同じATフィールドを持つエヴァンゲリオンだけだったのだが、『新世紀エヴァンゲリオン』第弐拾四話で、カヲルは、ATフィールドを「誰もが持っている心の壁」と表現した。『シン・エヴァンゲリオン劇場版』では、アスカが乗った新2号機自身のATフィールドによって、13号機への停止信号プラグの打ち込みができないという異常事態が発生、さらに、マイナス宇宙でのシンジとゲンドウの対決シーンでは、ゲンドウのシンジへの恐怖心がATフィールドとなって現れるという場面が登場し、この大詰めで、恐怖の主がゲンドウ本人であったということを象徴的に表すシーンになっている。このとき、背景のイメージはユイの墓であるが、シンジはゲンドウにあの音楽プレイヤー、S-DATを返すために手を差し出す。そして、このシーンは、『ヱヴァンゲリヲン新劇場版』の世界の中の小さな円環の完結場面でもある。

S-DATが作る小さな円環

携帯音楽プレイヤーS-DATは、『新世紀エヴァンゲリオン』でも、シンジの愛用のプレイヤーだったが、『ヱヴァンゲリヲン新劇場版：破』では、これが、元々はシンジの父、碇ゲンドウの物であったことが、夕暮れの電車の中でのシンジとレイのイメージの対話シーンで、シンジによって語られる。そして、シンジは、このS-DATを捨てると言う。このイメージシーンは、アスカが乗っていた3号機への攻撃をめぐってゲンドウに反発したシンジが、エヴァ初号機の中で気絶させられて強制排除されることになった直後に現れるもので、このS - DATで、ゲンドウがシンジを外の世界から守ってくれると思っていたのに間違っていたと感じたシンジがこれを捨てようと考えたというのだ。実際、シンジは、このS - DATを捨てて、ネルフを去って行く。そして、レイは、シンジが捨てたこのS - DATを拾って、自らが持ったまま、襲来した使徒への特攻へと独断で進む。

碇ゲンドウ司令の命令に忠実に従ってきた綾波レイの、『新劇場版』では最初で最後の独断での特攻。そのさい、レイは、「碇君がエヴァに乗らなくてもいいようにする」と言う。もうエヴァに乗りたくないと言うシンジのためになれるなら死をも覚悟するというレイ。だが、レイは、零号機ごと使徒に食われてしまい、彼女を助けるために、シンジはネルフに戻り、初号機で出撃し、使徒に食われてしまったレイを取り戻そうとする。「世界がどうなっても」、「綾波だけは助ける」と言うシンジ。「私はここでしか生きられない」と言うレイ。ついに、「来い！」と叫んで手を伸ばすシンジに、レイも手を差し出す。そして、そのレイの手に、あのS - DATが。そして、シンジをエヴァに乗せてしまったレイは、「何もできなかった」と言う。

レイとシンジのこの行動は、初号機の覚醒につながり、結果的に、世界を滅ぼすサードインパクトの引き金となってしまい、「世界が終わる」というリツコの言葉とともに『ヱヴァンゲリヲン新劇場版：破』は終わる。

『ヱヴァンゲリヲン新劇場版：Q』で、シンジが、十四年の眠りから目覚めると、シンジとともに初号機から回収されたというシンジのS‐DATは、シンジに返却される。ミサト率いる反ネルフ組織のヴィレに保護されていたシンジだったが、綾波レイにそっくりの仮称アヤナミレイがエヴァでシンジを迎えに来ると、シンジは彼女とともにネルフに戻り、そこで渚カヲルに出会い、壊れていたS‐DATは、カヲルが修理してくれる。そして、父である碇ゲンドウの命によりカヲルとともにエヴァンゲリオン13号機に乗ったシンジは、ネルフ本部の地下深くにある二本の槍を抜くことでかつてシンジの行動で起こしてしまったニアサードインパクトにより破壊されてしまった世界を元に戻せるというカヲルの言葉を信じて、槍を抜こうと決意する。直前に考えを変えて「止めよう」と言うカヲルの言葉を無視して槍を抜き、世界の破壊につながるフォースインパクトの引き金を引いてしまい、絶望から気力を失ってしまう。そのときに落としたS‐DATを、仮称アヤナミレイが拾って、アスカと三人で、大地をさまよい始める。

そして、このS‐DATは、『シン・エヴァンゲリオン劇場版』では、前半の第3村の場面で仮称アヤナミレイからシンジに返され、終盤で、「渡す物だったんだね、父さんに」と言うシンジから、元の持ち主のゲンドウに返される。さらに、ゲンドウの独白場面で、このS‐DATは、少年時代のゲンドウが愛用していた物であることが語られる。そこでは、ゲンドウが、シンジに劣らず他人との関わりに恐怖心を持って、自分の世界に閉じこもっていたことが明かされ、そんなゲンドウの弱さが今でも続いていること、そんなゲンドウが、亡き妻でシンジの母であるユイだけを求めていることが語られる。そして、人々の魂をひとつにまとめる人類補完計画でユイとの再会を目指していることを明かし、初号機に乗って補完計画を阻止しようとするシンジと、エヴァ13号機で闘う。

かつて、『ヱヴァンゲリヲン新劇場版：破』で、シンジに「大人になれ」などと偉そうに言っていたゲンドウだが、一番エヴァにしがみついて大人になれなかったのはゲンドウ自身だったことが明かされる。主役の座を乗っ取ってしまったようなゲンドウ。彼こそが、『エヴァンゲリオン』の影の主役であり、シンジが、エヴァのない世界を作って大人になってしまって『エヴァンゲリオン』が終わってしまうとき、シンジを引き継ぐ者が悩めるゲンドウ少年であったということだろう。そして、S-DATは、『エヴァンゲリオン』の主役の象徴のような物だったのかもしれない。

こうして、もうひとつの円環が完結する。

『新世紀エヴァンゲリオン』の完結編である『THE END OF EVANGELION』のラストが、補完計画破綻の後の、再び苦痛が始まることを示唆するエンディングであったのに対して、シンジの苦悩からの解放を示す『新劇場版』では、シンジの苦悩をひきつぐ者が必要なのだろう。『エヴァ』らしくないとも言える大人のシンジが現れる『シン・エヴァンゲリオン劇場版』のラストは、ユイとともに旅立つゲンドウによって救われたと言えるかもしれない。『エヴァ』は、孤独な少年少女の居場所を求める旅の物語なのだから、それは、終わってはいけなかったのかもしれない。シンジによって人類補完計画が否定されたゲンドウは、落胆した瞬間に、ようやくユイの姿を見るが、電車のホームで肩を落としたようなゲンドウの姿は寂し気であった。

シンジによるカヲルの救出場面で、成長してしまって、もはや泣かないシンジを見たカヲルの、「少し寂しいけど、それもいいね」という台詞も印象的だ。

円環を閉じる者

『魔法少女まどか☆マギカ』でパラレルワールドによる円環を作っていたのは暁美ほむらであったが、「円環の理」となった鹿目まどかや、まどかに導かれた美樹さやかからも、いわば円環の構成要員だったと言えるだろう。当のほむらは、円環の理の秩序を破壊するような行動にも出ているが、円環の物語の主役であることは間違いない。

『かがみの孤城』で作られた因果律の円環を作り出したのは、こころでもあり、アキでもあり、ミオでもあり、そして、鏡の城に集まる中学生たち全員が関与していると言ってもよいだろう。そもそも、『かがみの孤城』で「円環」を成しているのは因果律そのものであり、時間軸ではない。

時間遡行によるパラレルワールドの出現は阻止されていて、いくつものらせん状の円環が生まれているわけではないので、「円環」は、初めから閉じたひとつだけの円環であり、改めて閉じる必要もない。

『魔法少女まどか☆マギカ』でいくつもの時間軸を作り出す暁美ほむらは、『叛逆の物語』でも、その円環を閉じる必要など感じているとは思えない。ほむらにとっては、まどかを「円環の理」から引きはがしてでもまどかのいる世界を守ることだけが生きることそのものであり、『エヴァンゲリオン』でユイだけを追い求めるゲンドウに似ているかもしれない。

それに対して、「円環の物語」という言葉を作品の中に登場させた『シン・エヴァンゲリオン劇場版』には、その円環を言わば閉じるためのキャラクターも登場していることに注目しておきたい。もちろん、『エヴァンゲリオン』の「円環」を閉じたのは、主人公、碇シンジであり、渚カヲルから「円環」の創造の役目を受け継いだシンジは、「時間も世界も戻さない」と明言し、エヴァのない世界を作ることを決意した。しかし、シンジとて、『新世紀エヴァンゲリオン』以来、「エヴァに乗るしかない」と感じていた存在のひとりであり、ずっと、「円環」の主役であったはず。それに対して、『新世紀エヴァンゲリオン』には登場せず、『新劇場版』にだけ登場して、「円環」を閉じる役割を担っていたと思われるキャラクターも存在している。ここでは、そんな異端的なキャラクターであり、『新世紀エヴァンゲリオン』では登場せず、『新劇場版』シリーズにのみ登場していた二人のキャラクターにも目を向けておきたい。

まず、ひとりは、『ヱヴァンゲリヲン新劇場版:破』で5号機に乗って登場し、その後、『シン・エヴァンゲリオン劇場版』での8号機での活躍など、エヴァンゲリオンパイロットの一人として活躍した真希波マリである。

『シン・エヴァンゲリオン劇場版』の終盤で、マリがユイと同じく冬月の門下生であり、ユイの友人でもあったマリがユイの忘れ形見であるシンジを亡きユイに代わって親代わりとして見守りたいと考えていたらしいということが示唆される。彼女は、ユイの事故の後、冬月のもとから去っていたが、日本のネルフではなく、海外(ヨーロッパ)でエヴァパイロットとなったようであり、その背後には加持リョウジの存在があったのだろう。そのことは、『ヱヴァンゲリヲン新劇場版:破』での、彼女の登場場面などから推測できる。当時ネルフにいたミサトたちには、彼女の正体がわからなかったようだ(アスカもヨーロッパでパイロットに選ばれたようだが、アスカの場合は、ミサトたちが知っていた)。一方、「自分の都合に大人を巻き込むのは気おくれするなあ」と呟いたり、『ヱヴァンゲリヲン新劇場版:破』のブルーレイディスクに映像として収録されているアフレコ台本の登場時のト書き部分には、「ヘルメット付プラグスーツの少女マリ」と、「少女」と書かれているので、ユイの友人と言っても、ユイよりは年下だろうと思われる。また、加持はマリのことを

「問題児」とも表現している。

彼女は、シンジのことを「ワンコ君」と呼び、戦闘時には、しばしば、古い昭和歌謡を口ずさむ等、レイ、アスカ、シンジという三人のエヴァパイロットが「エヴァに乗るしかない」と考えていたのとは対照的に、エヴァに乗せてもらえてラッキーというような陽気な雰囲気であり、明らかに、それまでの『エヴァ』の雰囲気を破る不協和音的な存在である。彼女は、『ヱヴァンゲリヲン新劇場版：破』では、5号機で登場した後、アスカの不在時には2号機に乗って、シンジの初号機搭乗を促す役目を果たし、ヴィレに移ってからは8号機に乗り、2号機（『シン・エヴァンゲリオン劇場版』では新2号機）のアスカの作戦パートナー的な存在でもあったが、アスカが倒された後もミサトとともにシンジをサポートして、ゲンドウの補完計画の阻止に貢献した。そして、ミサトが自らの命と引き換えに槍をシンジに届ける役割を遂行した後、それまでミサトが果たしてきたシンジの母親代わりの役目をマリが引き継ぐことが示唆されている。

『シン・エヴァンゲリオン劇場版』の終盤でのアスカとマリとの会話の中で、シンジについて、アスカが「ガキに必要なのは恋人じゃない。母親よ」と言った瞬間、画面が切り替わり、ミサトの姿が映るが、これは、この時点でシンジの母親の役目を果たしているのがミサトであるということを改めて示しているのだろう。そして、ミサトが命と引き換えにした作戦を遂行した後、浜辺のシンジのもとにマリが水の中から現れ、シンジもマリのほうに走って行く。これは、実際に、ミサトが果たしていた役割をマリが引き継ぐことを示唆するシーンのようにも見える。

この直後、シンジがハッと目覚めるような短いカットをはさんで現れる宇部新川駅のホームの場面では、大人になったシンジのような青年の首についていたSSDチョーカーを軽々とはずしてポケットにしまってしまうマリ。まるで、シンジを「円環の物語」から解放するようなこの場面にも、『エヴァンゲリオン』の中でのマリの特異な役割が現れているように見える。『エヴァ』の「円環」を閉じるために、『新世紀エヴァンゲリオン』の世界にはいなかった外の世界の人物の役割が重要だったのかもしれない。

エヴァが破壊されるイメージのシーンでも、13号機と7号シリーズまでは次々と破壊されるのに対して、最後にシンジを救出する役目のマリが乗る8号機は別で、9号機～12号機を取り込んでシンジを救出するマリの8号機は「最後のエヴァンゲリオン」となる。

「円環」を閉じると言っても、ラストシーンの宇部新川駅は、山口県宇部市が庵野秀明総監督の故郷であることを考えると、ここでのシンジのような青年のモデルは、庵野秀明青年なのかもしれない。であれば、ここから旅立つ青年シンジの行先は、もしかすると、東京のアニメ制作スタジオなのかもしれない。CGによる映像は、シンジの帰還のようにも見えるが、これからアニメ『エヴァンゲリオン』が始まるというように想像することもできそうである。そう言えば、シンジが綾波レイに新しい世界について語ったとき、レイが、その新しい世界を「ネオンジェネ

シス（NEON GENESIS）」と言いなおし、二人の背後の壁に、『新世紀エヴァンゲリオン（NEON GENESIS EVANGELION）』の映像が映し出されたのは印象的であった。そういうことなら、これこそ、新たな「円環」の始まりであり、『シン・エヴァンゲリオン劇場版:||』のタイトルの最後の反復記号『:||』にも、改めて納得である。『ヱヴァンゲリヲン新劇場版:序』のパンフレットに、「『エヴァ』はくり返しの物語です」と明記されていたことも、改めて思い出される。どう解釈するかは、視聴者次第であろう。

『エヴァンゲリオン』の『新劇場版』シリーズの中で、「円環」を閉じる役割を果たしているキャラクターとして、もうひとり注目しておきたいのは、トウジの妹、鈴原サクラである。

彼女は、『新世紀エヴァンゲリオン』の画面に登場しなかったのには、それなりの理由もある。『新世紀エヴァンゲリオン』では、その名前さえ出てこなかった影の存在である。そして、『新世紀エヴァンゲリオン』の世界では、おぞましい限りではあるが、エヴァのいけにえにされた可能性さえ考えられるのだ。そのことについては、『エヴァンゲリオン解読　そして夢の続き』（単行本＝二〇〇一年、文庫版＝二〇一〇年）の第四章に書いた通りであり、トウジとともに、『新世紀エヴァンゲリオン』で、もっとも残酷な運命を与えられた人物である。『新劇場版』シリーズは、この鈴原兄妹の『新世紀エヴァンゲリオン』とは別の可能性を描いており、妹は怪我から回復して画面に登場し、サクラという名も与えられ、『ヱヴァンゲリヲン新劇場版:Q』と『シン・エヴァンゲリオン劇場版』では、ミサト率いるヴィレで、シンジの保護役の仕事を与えられている。そういう意味では、「円環」の申し子のような存在とも言えるもしれない。だが彼女は、シンジがエヴァに乗る世界を望んではいない。

彼女は、当然、妹思いの兄トウジを慕っているだろうが、そのトウジから、彼の友達のシンジのことは、よく聞いていたに違いない。

かつてトウジは、エヴァと使徒との戦闘に巻き込まれてサクラが負傷したことについて、エヴァを操縦していたシンジの責任だと思い込み、シンジを殴ったことがあるが、偶然にも、トウジたちを気遣って使徒との戦闘で動けなくなっているシンジを目撃し、さらに、ミサトの判断で友達のケンスケとともにシンジの乗るエヴァ初号機のエントリープラグに収容され、シンジが苦悩しながら命がけで使徒と闘っているところを目撃し、かつて自分がシンジを殴ったことを反省し、サクラの怪我が回復したときには、シンジにアイスキャンディをおごったりもしている（『新世紀エヴァンゲリオン』では、妹の怪我が回復することはなかったが、それでも、シンジを殴ったことを反省したトウジはシンジに自らを殴らせていた）。

そんなトウジは、ニアサードインパクトについても、決してシンジの責任ではないことを確信していただろうし、事情通のケンスケを通じて、ヴィレがシンジを保護するということも知っていて、それをサクラにも話していたかもしれない。サクラは、そんなふうに兄が気にかけているシンジを、自分が守ることで、自分の役割を果たしたいと考えたのではないだろうか？　そして、おそらくはケンスケの紹介で、ミサトによってヴィレに採用され、「管理担当医官」としてシンジ専属の看護師のような仕事をしている。戦闘時には医療ブロックに配置される彼女は、科学者や軍人の集団であったヴィレにあっては異色の存在であり、戦闘からは、最も遠いイメージの隊員である。

だが、『シン・エヴァンゲリオン劇場版』の終盤で、エヴァのお約束通りにシンジが初号機に乗ろうとする場面で、それに反対し、シンジのエヴァ搭乗を阻止するために、こともあろうに、ただ一人シンジに発砲したのが、鈴原サクラであった。先に銃を構えていた北上ミドリでさえ、実際に発砲することはできなかったが、実際に発砲したのは、発砲などという行為に最も似つかわしくないサクラだった。ミドリの場合は、シンジが引き起こしてまったニアサードインパクトによって家族全員を失ったことでシンジとゲンドウの親子を恨んでいたようだが、サクラは、シンジのエヴァ搭乗で、シンジがさらに傷つき、第3村のトウジたちが再び危機に瀕することを案じていたのだ。

「エヴァにだけは乗らんでください」とシンジに言っていたサクラは、この場面では、「碇シンジはエヴァには乗りません」と言いながら、泣きながら訴え、「怪我したらヱヴァに乗らんで済みます」と言って、シンジを負傷させようとして発砲したのだ。

銃弾はミサトが身を挺して受け止め、サクラは、そのミサトの手当をすることになり、サクラの訴えは完全に無視される。サクラは処罰さえされず、ミサトは、当然のようにシンジの初号機搭乗を認める。「現在でも、碇シンジは、私、葛城ミサトの管理下にあり、これからの彼の行動の責任を私が負うということです」と、全責任を自らが負うことを宣言するミサト。エヴァの論理に忠実に行動するシンジとミサトを、もはや、止められる者はいなかった。シンジが初号機に乗らなければ、人類補完計画を止めることは出来ず、そうなれば、人類は滅亡する。だから、このエヴァの論理に従えば、ここでシンジがエヴァに乗らないという選択肢はない。だが、サクラは、エヴァの論理の外にいる存在だった。

人類の滅亡を阻止するというミサトたちと違って、サクラは、人類の未来などという実感が持てないことよりも、第3村で暮らす兄のトウジや目の前にいるシンジを案じる気持ちのほうが強かった。だが反対に、エヴァの論理の中では、サクラの訴えが通ることはない。そして、『シン・エヴァンゲリオン劇場版』では、この場面まで、初号機パイロットであり主人公でもあるシンジは、まだ、エヴァに乗っていない。ヴィレの戦艦、ヴンダーに戻ったシンジが、最後にエヴァ初号機に乗るのは、すべてのエヴァファンにとって既定路線であり、そのお約束が覆されることなど、エヴァではありえない。

しかし、それにもかかわらず、「エヴァにだけは乗らんでください」、「碇シンジはエヴァには乗りません」と言うサクラの必死の訴えが心に響くのは、エヴァの終焉が始まっているからなのかもしれない。『エヴァ』は、その終局の理由を探して、サクラに、この訴えをさせているのかもしれない。「僕をエヴァに乗せてください」とサクラに頼むシンジは、ここで、その代償として、エヴァのない世界を作る決心をしたのかもしれない。そして、それは、初号機に閉じ込められている綾波レイや、13号機に魂が残されているアスカを救出する唯一の道でもある。

『シン・エヴァンゲリオン劇場版』のパンフレットに掲載されている鈴原サクラ役の声優、沢城みゆきさんのインタビュー記事には、この場面に関連して、興味深い発言が載っている。「シンジやレイ、アスカ、ミサトなど選ばれたスーパースターたちって、サクラたち一般人の『当たり前』がまかり通らない目をしているんですよ。シンジが『EVAに乗せてください。お願いします』とその目で言うと、ミサトも同じ目をして『私の責任で乗せます』と言い出す。こういう雰囲気ってサクラには耐え難かったと思います」と。

ネルフに反旗を翻した反乱軍たるヴィレも、ネルフ同様のカルト集団のようなものかもしれず、結果的に、サクラは、そのことを暴露するためにヴィレに来たのかもしれない。ニアサードインパクトで家族を失い、シンジ親子に恨みを持つミドリでさえ、シンジのヴンダーへの帰還を認めたミサトに不満を示しつつも自分の主張が通るはずなどないと諦めていて、サクラの発砲に驚き、

「明日、生きてくことだけを考えよう」と言って、サクラをなだめる側に回ったほどだ。たとえば、アスカが『ヱヴァンゲリヲン新劇場版：Q』でミサトの過激な作戦に「人命軽視、目的優先は大佐のモットー」などと言いながらもミサトの作戦に忠実に行動したのと比べると、ヴィレの論理やエヴァの論理の外にいるサクラがいかにヴィレの中で異色であるかがよくわかる。

沢城さんが指摘するシンジやミサトの目とは、もしかすると、多くのエヴァファンが当たり前と認めている視点かもしれない。そして、サクラが訴えているのは、そのエヴァの当たり前に対する異議なのだろう。この訴えが心に響くとき、それは、『エヴァ』の終わりの容認なのかもしれない。こうして、サクラは、『エヴァ』の「円環の物語」を閉じる使命をシンジに与えたのではないだろうか。

そもそも、シンジがヴィレのヴンダーに戻り、ミサトとともにゲンドウの計画の阻止という使命を果たそうと考えたきっかけは、あの第3村のトウジたちの生活を知ったことだった。ミサトたちの働きで辛うじて生き延びているあのはかない第3村の生活を、シンジも守りたいと思った。そして、その思いは、ゲンドウの計画などとは無関係であり、それは、サクラとて同じことだった。そして、サクラの意をくむためにシンジに残された選択肢は、ゲンドウの計画を阻止してからエヴァのない世界を作ることしかなかった。

シンジは、『新劇場版』の世界にやって来る前から、平和主義者だった。『新世紀エヴァンゲリオン』の世界でも、シンジは、人が乗っているはずの3号機への攻撃を父であるゲンドウから命じられたときには、「人が乗ってるんだよ！　父さん」、「人殺しなんてできないよ！」と言って拒否し、「おまえが死ぬぞ」と言うゲンドウに対して、「人を殺すよりはいいっ！」と言い放ち、最後まで命令に従わなかった。このとき3号機に乗っていたのはトウジであり、3号機は、ゲンドウの指示で、ダミーシステムによる初号機の操縦で破壊されて、トウジは重症を負い、怒りを爆発させたシンジは、ネルフを去った。

　そして、『エヴァンゲリヲン新劇場版：破』でも、アスカが乗る3号機への攻撃を命じられたときにも、やはり、命令に従わなかった。このときのシンジの行動について、アスカは、自分を助けるか殺すか自分で決めなかったと思ったのか、後に、『エヴァンゲリヲン新劇場版：Q』でシンジが十四年の眠りから目覚めたときに彼を殴ろうとまでしたが、シンジにしてみれば、攻撃命令を拒否することが自分にできる最大限のことだったのではないだろうか。『シン・エヴァンゲリオン劇場版』で、シンジがアスカの気持ちを忖度して、アスカの理不尽な怒りにも反論しなくなったとき、アスカは、シンジを「ちっとは成長した」と言ったが、そういうことなら、シンジが主役の座を降りるのも近いということがそこで示されたということかもしれない。

　アスカは、十四年前のことを思い出しながら、「あの頃は、シンジのこと、好きだったんだと思う」、「でも、私のほうが先に大人になっちゃった」とも言った。やはり、「大人になる」ということは、悲しいことなのだろう。そして、彼らが大人になってしまうなら、『エヴァ』は、もう終わってしまうしかないのだろう。『エヴァ』の物語は、こうして、シンジに最後の任務を与えると同時に、シンジを主役の座から引きずり下ろすために外堀を確実に埋めていく。そして、決して成就することのない補完計画という空虚な闇に転落していく孤独な「少年」、碇ゲンドウが、主役の座をうかがっている。ミサトたちのヴィレと違って、彼女たちが去った後のネルフの描写では、ゲンドウの他には、冬月副指令以外、誰の姿も画面に映らず、異様なほど空虚な空間だ。その冬月も、シンジとゲンドウとの直接対決の直前に、ヴィレ側のマリに「後はよしなに」と言い残して消えてしまう。これほどまでに空しい組織、孤独な司令官がどこにいるだろう。

『新世紀エヴァンゲリオン』では、ユイとの再会を望むという点でゲンドウとの共闘を成立させていた冬月の心情が第弐拾壱話で表現されていたが、新劇場版では、冬月のユイへの想いについては、第三作『ヱヴァンゲリヲン新劇場版：Q』の終盤で冬月がユイの写真をシンジに見せる場面で示唆されることを除けば、第四作『シン・エヴァンゲリオン劇場版』の終盤でマリに指摘されるまで、はっきりとは示されていない。そして、新劇場版での冬月は、そのマリとの対面シーンを待っていたかのように、土壇場でゲンドウ側からマリ側へ寝返っていて、9〜12号機をマリに差し出し、マリの8号機はこれらを捕食することにより、マイナス宇宙への進入が可能になり、シンジの救出が可能になった。新劇場版での冬月は、ユイとの再会ではなく、シンジの救済を後輩のマリに託したいと願うユイの想いを察して、その想いに忠実に行動する。もはや、ゲンドウの片腕ではなかった。

アニメ史上最も頼りない主人公とも言われるシンジは、それ故、ただひとり、『エヴァンゲリオン』の主人公にふさわしかった。彼には、強大な武力を持った組織による世界の秩序のための戦争などという全体主義の論理は通用しない。最後の初号機搭乗も、人類のためではなく、サクラも案じるあの第3村のトウジたちを守るためだったのではないか。

第3村で仮称アヤナミレイが消えてまった帰り道でのことを、後に、ミサトに、「土の匂いがした」と言っていたシンジは、その素朴な世界を守ろうと感じたのではないか。第3村を「守る所」だと言っていたアスカの言葉を思い出した仮称アヤナミレイに、「あなたも守る人なの？」と聞かれ、「守ってなんかいない」と答えたシンジだったが、「ここでは生きられない」、「けど、ここが好き」と言っていた仮称アヤナミレイの意志を受け継ぐためにも、自分を歓迎してくれたトウジやケンスケの生活を守るためにも、そして、自分やトウジを案じてくれるサクラの心に応えるためにも、シンジは、自分も第3村を守りたいと思ったではないだろうか。シンジがヴィレに戻ったのも、ヴィレの思想に共鳴したからというより、第3村で触れたトウジやケンスケや仮称アヤナミレイの心が、彼を行動に駆り立てたということなのではないだろうか。

ゲンドウの人類補完計画を阻止し、アスカ、カヲル、レイを救出したシンジが、マリとともに全てのエヴァを破壊した後、ラストシーンで現れたシンジ青年のいる世界に、果たして第3村は存在しているのだろうか？

あの線路は、不気味な首なしエヴァの残骸が動く土地と隣接するあの第3村へつながっているのだろうか？

それとも、新しい世界では、もはや、第3村は、心の中にしか存在しないのだろうか？

エヴァのある世界の中で、第3村が、綾波レイにとって夢の中の存在であったように、そして、『エヴァンゲリオン』の視聴者にとって夢の中の存在であるのと同じように、エヴァのない新しい世界では、シンジにとっても、第3村は、夢の中にしか存在しないのだろうか？

補完計画を阻止したシンジがレイに旅立ちを促し、レイの言葉を繰り返すように「ネオンジェネシス（NEON GENESIS）」と言ったとき、二人の後ろの壁に、『新世紀エヴァンゲリオン（NEON GENESIS EVANGELION）』の映像が映し出されたとき、観客がシンジやレイと同じ世界にいたように、シンジも、観客と同じように、第3村の夢を見るのだろうか？　観客の夢も、シンジの夢と同じ夢なのだろうか？

その夢は、線路の続きに存在しているのだろうか？

「僕の夢はどこ？」

その問いに、かつて、『新世紀エヴァンゲリオン』の完結編『THE END OF EVANGELION』の中で、レイが、こう答えていた。

「それは、現実の続き」

あとがき

「伏線回収」という言葉が流行語のように頻繁に使われるようになったのは、いつごろからのことなのだろう？　「見事な伏線回収」というように、テレビドラマや映画、小説などを賞賛する言葉として、決まり文句のように登場するようになったこの言葉だが、時に、「伏線」という言葉の使い方に疑問に感じることもある。

アニメ『エヴァンゲリオン』シリーズの完結編の映画、『シン・エヴァンゲリオン劇場版』の批評として、二〇二一年三月一九日に「朝日新聞」に掲載された「四半世紀の伏線　見事回収」と題する東浩紀さんによる評論の中に、「四半世紀にわたり伸びきった伏線を回収するのは不可能に近かったが、新作は見事にやってのけている」という表現があった。あえて「回収」という言葉を使って言えば、伏線は、作者によって回収されて初めて伏線となるのであって、『シン・エヴァンゲリオン劇場版』の前作『ヱヴァンゲリヲンシン劇場版：Q』までの段階で登場した謎めいた事件、謎めいた言葉などは、いくら、視聴者が何かの伏線に違いないと思っても、完結編を見るまでは伏線かどうかわからず、「回収」されるまでは「伏線」とは呼べないはずだ。にもかかわらず、上記の批評の中では、「伸びきった伏線を回収するのは不可能に近かった」と書かれていて、まるで評者が伏線ではないかと感じたことは伏線でなければならないというような調子の批評が新聞に掲載されていたのだ。いつのまにか、視聴者が「伏線」ではないかと期待するような物語の中の出来事は、本当に「伏線」でなければならないというような評価基準が世の中に出来上がってしまっているのかもしれない。

「伏線回収」という言葉は、二一〜二二年にかけて放送されたNHKの朝ドラ『カムカムエヴリバディ』についてのネットニュースなどで加速したようにも思うのだが、そこでは、さらに、「怒涛の」という接頭語がついているものも多く見られ、「怒涛の伏線回収」という定番の見出しがいくつものネット記事につけられていた。今でも、「怒涛の伏線回収」という検索ワードでネット検索すると、『カムカムエヴリバディ』についてのいくつもの記事がヒットするが、中には、最終回が近づいたタイミングでの記事で、「怒涛の伏線回収へ」というタイトルの記事まで見つかる。まるで、「怒涛の伏線回収」は当然、そうでなければテレビドラマにあらずというようで、これは、多くの視聴者のドラマの楽しみ方なのかもしれない。まだ、結末が明かされていない段階での報道であり、「絶賛制作中！」という宣伝のような見出しだが、ドラマ、小説などについて、ツイッターには「怒涛の伏線回収」というハッシュタグがつけられた投稿まで数多くみられる。

確かに、半年とか一年間にわたって放送されるテレビドラマ、テレビアニメなどでは、視聴者に謎をふりまいて興味をひきつけ、終盤で、視聴者の抱く疑問に答えるという手法は定番かもしれないし、多くの視聴者がそれを期待しているというのも実態かもしれない。一方、放送が進んで、「伏線」が張られても、まだ、最終回は制作されていないのが普通なのだろうから、その「伏線」を、「きちんと」最終回までに「回収」できれば、作品は成功。できなければ失敗というように評価されることがあっても不思議ではないだろう。上記の朝ドラ『カムカムエヴリバディ』の場合は成功し、高く評価された作品の例だろう。一方、かつて、一九九五〜九六年にかけて半年間放送されたテレビアニメ『新世紀エヴァンゲリオン』の場合は、ふりまかれた数々の謎が「回収」されないまま最終回を迎え、「回収」は一九九七年に公開された映画『THE END OF EVANGELION（Air／まごころを、君に）』まで持ち越されることになった。九六年春のテレビ放送終了から九七年夏の完結編の映画公開までの間、庵野秀明監督に対するネット上での激しい批判の投稿で監督が精神的に追い込まれる事態となったことは、二〇二一年に放送されたＮＨＫのドキュメンタリー番組『さようなら全てのエヴァンゲリオン』などの中で、庵野監督本人が語っている。

今では、ツイッターに、テレビドラマについて、数々の謎、「伏線」について、やがて明かされるはずの真相の予想が投稿され、他の人たちの予想も見ながら、「回収」を楽しみにしながらドラマの続きを見る、という、そんな楽しみ方が定着しつつあるように思える。そして、その「伏線回収」という言葉は、ツイッターでは、もはや『かがみの孤城』の感想投稿でも定番に近い言葉になりつつあるようだが、『かがみの孤城』の場合は、テレビドラマなどと同じように考えてよいかどうかは疑問だ。

テレビドラマなどでは、最終回が制作されていない段階で、すでに、シリーズの放送が始まっていて、すでに放送されたシーンとのつながりを考慮しながら最終回まで制作しなければならないわけで、そういうところをうまくクリアできれば、視聴者の多くが満足し、制作は成功ということになるのだろう。それに対して、『かがみの孤城』の場合には、本文で述べたように、雑誌連載を終了してから、その内容を大きく修正して続きを加筆して完成させているわけで、その修正作業の中では、執筆開始時には想定されていなかった新たな結末に対する伏線となるシーンがいくつも加筆されている。だから、『かがみの孤城』の場合、伏線は「回収」というより「加筆」されたと言ったほうがよいようなもので、その修正、加筆作業の決断と労力に対してこそ、読者は敬意を払わなくてはいけないだろう。そして、本書の第一章は、そういう修正、改作の詳細を検証したものである。

「八月」の章で、こころがスバルに、「ねえ、スバルくんて、ハリポタのロンに似ているって言われたことない?」と尋ねたの対して、スバルが「ハリポタ?」と答え、彼が『ハリーポッター』を知らないことが示唆される部分などは、加筆された伏線の典型的な例と言えるだろう。「伏線」という言葉通り、加筆されたこのやりとりが、改作されたバージョンの物語での鏡の城の重大な秘密に関係していることなど、初読時に気づく読者は少ないだろう。「これは伏線ですよ!」と言わんばかりの伏線などは伏線の名に値しないかもしれないということを考えれば、こういう気づきにくい伏線こそが本当の伏線なのではないだろうか？　「回収」されるまで、だれも伏線だと気づかないような伏線である。しかも、この伏線は、一七年版の『かがみの孤城』の最大のポイントというべき結末につながる伏線であって、ちょっとしたいわゆる「小ネタ」による読者や視聴者へのサービスなどというレベルのものではなく、そういう意味でも重大な伏線であり、これが、本来の伏線というべきものだろう。

本文でも触れたことだが、『かがみの孤城』一七年版の終盤での記憶の流入場面は、アニメ映画『君の名は。』（新海誠監督、二〇一六年公開）の後半での、三葉の記憶の瀧への流入シーンを連想させる。しかし、『かがみの孤城』一七年版のSF的な構造につながる重要なアイデアの萌芽は、二〇一四年に、連載版の最終回ですでに登場していて、それは、アニメ映画『君の名は。』の公開よりも前である。本書第一章での、『かがみの孤城』一七年版の連載版との比較検証には、そういうことを明らかにするという意味もあり、実際、『君の名は。』との関連、つまり、歴史的なつながりは、雑誌連載時の『かがみの孤城』を調べようとした筆者の当初のひとつの大きな関心事であった。

『かがみの孤城』一七年版単行本の巻末に小さく記された「本書は『asta*』二〇一三年十一月

号から二〇一四年十月号まで連載されたものに大幅に加筆修正しました」の、その「大幅に加筆修正」の中身が知りたくて『asta*』を保存している図書館を探し検証作業を始めた筆者の前に現れたのは、想像以上の大改作の証拠だった。それはひとつの作品の創作、改作の過程を明らかにしてくれる貴重な資料であり、今回、その検証結果などを紹介できたことで、これが、さらなる『かがみの孤城』研究の基礎として、文学、芸術の様々な研究につながることも期待したい。

本書は、小説『かがみの孤城』について論じる作品論であるが、『魔法少女まどか☆マギカ』などのアニメ作品と比較しながら論じる部分の比重もかなり高いため、表記にも工夫が必要になった。たとえば、『かがみの孤城』の中で登場人物のマサムネがパラレルワールド説を提唱することに関連して、本書の第三章でアニメ『魔法少女まどか☆マギカ』を取り上げているが、アニメ『魔法少女まどか☆マギカ』は、パラレルワールドが登場するアニメの代表格のような作品でありながら、「パラレルワールド」という台詞は全く登場せずテレビシリーズ脚本などで「平行世界」という言葉が出てくる程度である。一方、『かがみの孤城』では、マサムネの台詞に「パラレルワールド」という言葉が登場し、フウカの台詞の中には「並行世界」という表記が登場する。このバラバラの状況に対して、本書では、「パラレルワールド」という言葉の使用を基本とし、『魔法少女まどか☆マギカ』の内容紹介の中では「平行世界（パラレルワールド）」という表記も使用して、『魔法少女まどか☆マギカ』のテレビシリーズ脚本との照合にも配慮した。一方、「三月三十日」や「十四年」という表記は『かがみの孤城』の表記に合わせた。その「十四年」は年数であるが、それとは別の年号表記である「一七年版」という表記では「十」という漢字は使わないことにした。

北村正裕

二〇二二年一一月

【本書は、二〇二二年一月に電子出版された『夢の中の第3村』の内容を再構成して加筆、修正し、改題したものです】

●著者プロフィール

北村正裕（きたむら・まさひろ）

文学・芸術論ライター。多くのファンを刺激した代表作『エヴァンゲリオン解読』（三一書房、2001 年）は、96 ～ 97 年のいわゆるエヴァンゲリオンブームが終わった後であったにもかかわらず増刷を重ね、文庫版『完本エヴァンゲリオン解読』（静山社文庫、2010 年）として読み続けられている。童話作家、シンガーソングライター、数学教師としても活躍。絵本『ガラスの中のマリー』（三一書房）ほか、アンソロジー『わすれものをした日に読む本』（偕成社）や『月刊 MOE』などに作品を掲載。

「かがみの孤城（こじょう）」奇跡（きせき）のラストの誕生（たんじょう）
――源流（げんりゅう）「エヴァンゲリオン」「まどかマギカ」と
虚構（きょこう）と現実（げんじつ）の芸術論（げいじゅつろん）

2023年 1 月17日　初版第一刷

著　者　北村正裕 ©2023
発行者　河野和憲
発行所　株式会社 彩流社
〒101-0051　東京都千代田区神田神保町3-10　大行ビル 6 階
電話　03-3234-5931
FAX　03-3234-5932
http://www.sairyusha.co.jp/

編　集　出口綾子
装　丁　黒瀬章夫
印刷　明和印刷株式会社
製本　株式会社村上製本所

Printed in Japan　ISBN978-4-7791-2876-9 C0095
定価はカバーに表示してあります。乱丁・落丁本はお取り替えいたします。